ハヤカワ文庫 SF
〈SF2460〉

宇宙英雄ローダン・シリーズ〈725〉

モトの真珠

マリアンネ・シドウ&H・G・フランシス
岡本朋子訳

早川書房
9107

PERRY RHODAN
DIE PERLE MOTO
DIE HERREN DER STRAßEN
by
Marianne Sydow
H. G. Francis

Translated by
Tomoko Okamoto
First published 2024 in Japan by
HAYAKAWA PUBLISHING, INC.
This book is published in Japan by
arrangement with
HEINRICH BAUER VERLAG KG, HAMBURG, GERMANY
through JAPAN UNI AGENCY, INC., TOKYO.

目次

モトの真珠

モトの真珠

マリアンネ・シドウ

登場人物

ダオ・リン＝ヘイ…………………もと全知女性。カルタン人
ゲ・リアング＝プオ……………もと特務戦隊リーダー。カルタン人
マイ・ティ＝ショウ……………《マーラ・ダオ》指揮官。カルタン人
ロイ・スクロム……………………情報提供者。カルタン人
シサ・ヴァート……………………同。ロイのパートナー。カラポン人
フィオ・ゲール＝ショウ………カルタン艦隊最高司令官。カルタン人
ガ・ヌイン＝リング……………フィオ・ゲールの部下。カルタン人
ソイ・パング………………………カラポン帝国の皇帝。カラポン人
エルンスト・エラート…………パラポーラー
ニオ・メイ＝ギル………………《ナルガ・サント》乗員。カルタン人

1

「マイ・ティ＝ショウ！」

「ダオ・リン＝ヘイ、いかがされましたか？」

若いカルタン人女性が神業的なすばやさであらわれる。機器を操作していたダオ・リン＝ヘイは無言で顔を上げると、いぶかしげにマイ・ティ＝ショウを見た。

その顔は喜びに満ちている。《マーラ・ダオ》の倉庫に長期間閉じこめられていたせいで、愛用している純白のコンビネーションは破れ、シミができている。けれども、彼女自身は目を輝かせて勝利に酔いしれていた。

「喜ぶのはまだ早い」ダオ・リン＝ヘイが警告する。「すべてが終わったわけではないのだから！」

「これ以上、いったいなにが起こるというのですか？」マイ・ティ＝ショウが興奮気味にたずねた。「あなたはもう自由の身。これからは、すべてがうまくいくはずです」

ダオ・リン＝ヘイは、そうした意見は感情論にすぎないと思ったが、マイ・ティ＝シ ョウにそれを指摘しても意味がないこともわかっていた。いまのような状況下では、すこしくらい楽観的に考えたほうがいいのかもしれない。とはいえ、現実を見失うことだけは避けたかった。

「ソイ・パング皇帝をキャビンのひとつに運んで、適切な治療を受けさせろ」ダオ・リン＝ヘイは、マイ・ティ＝ショウの頭を冷やすために、わざと冷たい口調で命じた。

「皇帝はここにとどまるべきよ！」シサ・ヴァートが反論する。「カラポン人は追ってくるはず。到着したら、捕らえられた皇帝の姿を見せてやる必要があるわ。そうでないと、《マーラ・ダオ》が攻撃されてしまう」

「必要なら、何度でも、何時間でも、カラポン人たちにソイ・パングを見せてやる」ダオ・リン＝ヘイが吐きすてるようにいう。「でも、司令室で目を覚まさせる必要はない」

「かれを特別扱いする理由はありません」と、マイ・ティ＝ショウ。

「われわれと同等に扱う理由もない」ダオ・リン＝ヘイが声を大にしていった。

マイ・ティ＝ショウは驚いて身をすくめると、手招きして数人のカルタン人を呼んだ。

「そんなふうに考えてるなら、ビーム砲の砲口にソイ・パングを縛りつけたらどう」シサ・ヴァートが語気を強めていう。「指一本触れられないほど危険な人物なんだから。ほんのすこしでも触れれば、われわれは攻撃されるでしょうよ。なぜ、そんな人物の気持ちに配慮するのかしら？　それとも、かれがあなたの気持ちに配慮したことがあるの？」

「黙れ、シサ・ヴァート！」ダオ・リン＝ヘイが声を荒らげた。「この件に関して、あなたに口出しする権利はない！」

マイ・ティ＝ショウはそれを聞くやいなや、一瞬だけ、シサ・ヴァートに冷たい視線を向けた。

そして、呼びよせたカルタン人たちにソイ・パング皇帝を司令室の外へ運ばせた。そのあいだに、ダオ・リン＝ヘイは《マーラ・ダオ》の飛行状況を確認する。

カルタンの宇宙船《マーラ・ダオ》は緊急スタートにより惑星カラポンを離れ、短時間の加速プロセスを経て、超光速飛行に入っていた。とはいえ、まだ五百光年という短時間飛行しかプログラムされていない。緊急スタート時のプログラムでは、それが限界だったのだ。

カラポン人があとを追ってきていることは明らかだ。《マーラ・ダオ》の航路を予測し、関連宙域に停泊する味方の全艦船に警告を発したにちがいない。けれども、《マーラ・ダオ》を砲撃するつもりはないはずだ。なぜなら、この船には皇帝だけでなく、モトの真珠も乗せられているからだ。

ダオ・リン＝ヘイは《マーラ・ダオ》のエネルギー残量が少ないことに気づく。それは当然といえば当然だった。カラポン帝国軍の司令官デル・ミオン大提督は、カルタンの最新船とその乗員、そしてダオ・リン＝ヘイという大きな獲物を、ベントゥ・カラパウからの撤退を決意したときに最速で故郷のハンガイ銀河に輸送することしか考えていなかったからだ。だから《マーラ・ダオ》を拿捕すると、アルドゥスタアル銀河からハンガイ銀河へ飛行するという無謀な計画を強行したのだ。

《マーラ・ダオ》は最適な形で苦境を耐えぬいたといっていい。けれども、これからアルドゥスタアル銀河へもどるためには、さまざまな整備が必要だ。まずは、カラポン人の目をのがれて、グラヴィトラフ貯蔵庫に燃料を補給し、整備をおこなえる安全な場所を確保しなければならない。

「皇帝のこめかみに銃を突きつけているところを、カラポン人に見せてやりましょう」マイ・ティ＝ショウが残酷な言葉を口にする。「そして、シサ・ヴァートをカラポン人のもとへ送りかえすのです。彼女はわれわれの仲間ではありませんから！」

シサ・ヴァートが軽蔑のまなざしをマイ・ティ＝ショウに向ける。

ふたりは当初から仲が悪い。カラポン人のシサは二重スパイで、パートナーのロイ・スクロムとともにカラポン帝国とカルタンの双方に情報を提供していた。しかし、たびたび両者に対して嘘をつき、ダオ・リン＝ヘイにも敬意をはらわないなど問題行為が目立った。それがマイ・ティ＝ショウを非常に不安にさせていた。彼女はかつての全知者であるダオ・リン＝ヘイをだれよりも尊敬し、どんな状況下でも主人の保護を最優先しているからだ。

ダオ・リン＝ヘイはマイ・ティ＝ショウのそうした行動を評価しつつも重荷に感じていた。その忠誠心には感謝している。けれども、過剰な気遣いや、うやうやしい態度に息苦しさと嫌悪感を覚えてしまうのだ。

いっぽう、シサ・ヴァートのことは批判的な目で見ていた。カラポンの女スパイの行動には怪しい点が多い。特に、ライパンの宮殿から脱出したさいの行動が気になっていた。

カラポン帝国軍の大提督フェング・ルと側近のサル・テーは、かれらが脱出するさいに命を落とした。カラポン人であるふたりはシサ・ヴァートに殺害されたのだ。

ダオ・リン＝ヘイには、フェング・ルとサル・テーの死を悲しんだり、その殺害に対して良心の呵責《かしやく》を覚えたりする理由はない。しかし、シサ・ヴァートは自分の身を守る必要がない状況下で、同じ種族の仲間を無残に殺害したのだ。ダオ・リン＝ヘイは、シサが殺人を犯したのは、秘密を知ってしまった厄介な仲間を始末するためだったのではないかと疑っていた。

その秘密とはいったいなんなのか？

シサ・ヴァートとロイ・スクロムが、筋金入りの理想主義者であり、そのためには法を犯すことも辞さないことは、みなが知っている。しかし、ふたりが殺人を犯してまで果たしたいことは、よほど重要なことにちがいない。

ダオ・リン＝ヘイはため息をこらえながら、その不可解なカップルと協力関係を築いてしまったことを後悔する。しかし、この期《ご》におよんで関係を解消することは不可能だ。

マイ・ティ＝ショウはシサ・ヴァートをカラポン人のもとに帰したがっているが、それはやりすぎだと思う。

「彼女を追いだすつもりはない！」ダオ・リン＝ヘイがマイ・ティ＝ショウを叱責する。「意味のないけなし合いはもうやめろ！」

その直後、《マーラ・ダオ》が通常空間にもどった。

案の定、そこではカラポン人たちが待ちかまえていた。当然だ。カラポン帝国の国民が絶対的な支配者および神としてあおぐ皇帝が危機にさらされているのだ。皇帝を救い、解放するためなら、かれらはなんでもするだろう。しかも、到達した宙域はカラポン艦隊が支配するハンガイ銀河のなかにあった。

けれども、カラポン人の皇帝崇拝の欠点がすぐさま露呈する。

まるで麻痺したかのように、だれも行動に出ない。なぜなら、皇帝ソイ・パングという最高司令官を失ったいま、艦隊は機能していないも同然だからだ。それだけでなく、カラポン人はカルタン人に対する怒りと皇帝を失うことへの恐れとのあいだで葛藤していた。

そのおかげで《マーラ・ダオ》はなんなく敵の宇宙船から離れることができた。それどころか敵の注意を引くことなく、ふたたび姿を消すことに成功した。

今回は、五千光年遷移してから通常空間にもどった。到達したのは、ハンガイ銀河の端にある惑星の少ない宙域。そこでは一隻の宇宙船も待ちかまえてはいなかった。

緊張がしだいにやわらいでいく。《マーラ・ダオ》の乗員たちは、船内に残されていたカラポン人の活動の痕跡を消しさると、通常業務にもどった。

2

モトの真珠はそこにあった。

真珠は皇帝ソイ・パングが保管していた木箱に入れられたままだ。ランプの光に照らされて青く輝いている。いまは、まだ眺めることしかできない。

ダオ・リン＝ヘイはその戦利品を注意深く観察する。

真珠の長さは十三センチメートル。厚さはもっとも分厚い個所で五センチメートル。形は楕円形。縁と裏側に凹凸《おうとつ》があるため、一部欠けていることは明らかだ。もとは長さ十四センチメートル、厚さ八センチメートルの卵形の真珠であった可能性が高い。けれども目の前の輝く宝石は、〝言葉〟だけでいいあらわせるものではない。そう、ダオ・リン＝ヘイは思う。

真珠はカッティングにより成形されたか、カッティングしたものを組みあわせてつくられたように見える。その表面は無数の切子面、いわゆるファセットでおおわれている。とはいえ、製造法も材料も正確にはわからなかった。

真珠のもとの形が卵形だと仮定すれば、ファセットの総数を導きだすことができる。その場合、総数は六万五千五百三十六面になる。もちろん、これは推測値にすぎない。しかし、個々のファセットを確認したところ、どのファセットも推測値と同じ数のマイクロ・ファセットに分割されていることがわかった。よって推測値は正しい可能性が高い。

しかしながら、モトの真珠の外観は《ナルガ・サント》でフェング・ルが説明してくれたものとは異なる。それでも、モトの真珠がデータ記憶媒体であることはまちがいない。個々のマイクロ・ファセットが独立した媒体ユニットだと仮定するなら、カラポン帝国の秘宝であるこの真珠は巨大なデータバンクだといえるだろう。

目下、モトの真珠は輝くファセットに蓄えられた知識を明かす気はなさそうだ。けれども、無数のデータを開示させる方法はかならずある。そう、ダオ・リン＝ヘイが思うのは、カラポン皇帝の書斎で《バジス》の分散化に関する驚くべきレポートを見たからだ。そのデータの出所はモトの真珠だった。

少なくともあのときは、そうだと教えられたのだ。

ソイ・パングは、モトの真珠には〝話しかけることができる〟といった。けれども、その方法については詳しく説明してもらえなかった。

真珠が収められていた箱を見ても方法はわからない。箱にしかけがあるわけでもない。

ダオ・リン＝ヘイは、すべての可能性を想定して、隅々まで箱を調べたが、なんの手がかりもつかめなかった。

カラポン人はモトの真珠をこの黒い木以外の物質に触れさせたくなかったのだろう。だから木箱に保管していたのだ。真珠の保管方法がわからず、そうするほかなかったようだ。

シンプルな木箱にはなんの装飾もほどこされていない。しかし、芳《かんば》しい香りと絹のような光沢をはなつ木は貴重なものにちがいない。真珠がのせられている台のくぼみは、割れ目の凹凸にぴったりと合うようにつくられていた。

けれども、いくら箱を調べても真珠の謎は解けない。

「木箱の前にすわって、どんなに考えても、なにもわからない」ゲ・リアング＝プオがいらだちをあらわにしていった。「無数のファセットがあっても、その中身を知る方法がわからないのであれば先に進めません」

「あせってもしかたがない」モトの真珠を見つめ、熟考しながらダオ・リン＝ヘイはいった。「秘密の鍵を握っている人物がいるにちがいない」

「ソイ・パングのことですか?!」と、ゲ・リアング＝プオ。「問題は、かれが詳細を知っているかどうかです。なんといっても皇帝なのですから。骨の折れる仕事は専門家に任せていたはず」

ダオ・リン＝ヘイはソイ・パングの書斎を思いだす。カラポン皇帝は非常に熱心な研究家であるように見えた。

「ちがう」からだを起こしながらダオ・リン＝ヘイが答えた。「秘密の鍵を解いたのはソイ・パングではないかもしれない。でも、その鍵をつかって皇帝はこの魅惑的な真珠の謎を解きあかしたはず」

「それで充分です」ゲ・リアング＝プオが眉間《みけん》にしわをよせていった。「でも、皇帝は謎を解く方法を教えてくれるでしょうか？」

「教えてくれるかどうかは、もうすぐわかる。でも、それが簡単ではないことは覚悟しておいてほしい。いまから皇帝のもとへいく。おまえは、わたしの質問に答える皇帝の思考に注意しろ。もちろん、それは質問に答えてもらえればの話だけれども」

《マーラ・ダオ》がアルドゥスタアル銀河への長距離飛行を開始する前に、ダオ・リン＝ヘイはカラポン皇帝のもとへ向かった。

＊

ソイ・パングが麻痺とその後遺症を克服してから、すでに数時間が経過していた。皇帝はふたたび話せるようになるとすぐに、ひとりになりたいといいだし、カルタン人はその要求を受けいれた。

カルタン人はカラポン人とその皇帝を憎んでいる。皇帝に苦痛をあたえられるなら、どんな小さな機会も利用したいと考えていた。

ダオ・リン＝ヘイがキャビンに入ると、ソイ・パングはベッドの上にすわっていた。顔を上げて訪問者を見るが、なにもいわない。

相手から見つめかえされても、黙っている。ダオ・リン＝ヘイは皇帝の思考を読みとろうとするが、うまくいかない。というのも、ソイ・パングはまったく関係のないことに意識を集中するのが驚くほど得意だからだ。

「要件はなんだ？」しばらくして皇帝はたずねた。

「情報がほしい」ダオ・リン＝ヘイはそう答えると、ソイ・パングの向かいにすわった。

皇帝は皮肉な笑みを浮かべる。

「あわれなわたしの姿を見て、喜んでいるようだな」背筋を伸ばすと、いった。

「ちがう！」ダオ・リン＝ヘイが叫んだ。

「わたしがきみの立場なら、大いに喜んだだろう！」カラポン皇帝が語気を強めていった。

「これで、あなたとわたしは、意見が異なるということがわかった」気持ちを落ちつけてダオ・リン＝ヘイはいった。「ところで、モトの真珠内のデータ・ファイルはどうやって開くのだ？」

「きみなら自分でその方法を見つけられるさ」皇帝が冷めた口調でいう。「もちろん、その工程はかなり複雑だ。しばらくは息つく暇もないほどいそがしくなるだろう。だが、きっとそれも楽しめるさ。難解な問題を自力で解くことは、喜び以外のなにものでもないからな!」

「わたしはそうは思わない」ダオ・リン＝ヘイが怒りをあらわにしていう。「あなたとちがって、わたしには何年も真珠と戯《たわむ》れている暇なんてないのだから」

「そんなことは、わたしの知ったことではない」

「いずれにせよ、あなたはその方法を教えることになる」

「脅迫するつもりか?」

ダオ・リン＝ヘイはあきれ顔で皇帝を見た。

いま、ひとつだけ明らかなことは、皇帝から情報を引きだすのは簡単ではないということだ。武力をつかって脅す気はない。だからといって、言葉だけで説得できるわけでもない。それでも道はまだのこされている。ソイ・パングが望むと望まざるとにかかわらず、選ばなくてはならない道が……

憂慮すべきは、皇帝が勘の鋭い、強靭《きょうじん》な意志力をもつカラポン人だという点だ。よって、皇帝をその気にさせるまでには、それなりの時間がかかるにちがいない。

「また、くる。ゆっくり考える時間をあたえてあげよう」

「いつまでも待ちたいなら、そうすればいい！」ソイ・パング皇帝が吼《ほ》えた。

ダオ・リン＝ヘイはため息をつきながら立ちあがる。

「とりあえず、待つことにする」と、吐きすてた。

＊

「皇帝はテレパスと交流があったにちがいありません！」隣りのキャビンから会話を聞いていたゲ・リアング＝プオがいった。「そうでなければ、あの驚異的な能力の説明がつきません。プシ能力者でもないのに、科学技術や医学の助けを借りずに、あんなにも巧みに思考をコントロールできるなんて。あんな人物に、これまで会ったことがありません」

「つまり、皇帝は会話中に本心を見せなかったということか」ダオ・リン＝ヘイが確認する。

「ひとつも」ゲ・リアング＝プオが断言する。

「でも、そのうちに暴いてやるさ！」ダオ・リン＝ヘイが険しい表情でいう。「ゲ・リアング、策略を練って皇帝の心を動かせ。おまえならできるはずだ」

「任せてください。覚悟はできていますから」ゲ・リアング＝プオが穏やかな口調で答えた。「しかし、驚異的な能力をもつ皇帝の心を動かすには、多大な時間とエネルギーが必要です。それだけは心積もりしておいてください」

「あせらせたりしないから、安心しろ」ダオ・リン＝ヘイはそういうと、キャビンから出ていった。

ゲ・リアング＝プオが策略を練っているあいだ、ダオ・リン＝ヘイは落ちつきなく船内を歩きまわった。

いま《マーラ・ダオ》は最善の状態にある。乗員たちは数時間たらずでアルドゥスタアル銀河への飛行準備を終わらせ、どのエンジンも問題なく機能していた。飛行の指揮はマイ・ティ＝ショウが引き継いだ。乗員の要求に配慮しながら、必要な任務が確実に遂行されるよう全体を管理している。乗員の多くは睡眠をとって長い幽閉生活の疲れを癒やそうとしていた。そんなわけで船内は目下、静まりかえっていた。

なにもすることがないダオ・リン＝ヘイは、モトの真珠の前にすわって観察をつづける。けれども真珠はこれまでと同じように沈黙している。どんな装置にかけても画像や音をいっさい出さない。

「もう、限界だ。いますぐになにか見せないと、ハンマーで殴ってやる！」ダオ・リンが真珠にどなりつけた。

それでもモトの真珠は沈黙したままだった。

「皇帝は心の準備ができたと思います」翌日、ゲ・リアング＝プオがいった。「再度、話をしてみてください。運がよければ、真実を話してくれるかもしれません」

「やけに自信なさそうないい方をするのだな」ダオ・リン＝ヘイが疑り深げにいった。

「わたしは隣りのキャビンから話を聞きます」ゲ・リアング＝プオはダオ・リン＝ヘイの言葉を無視して説明をつづける。「皇帝が嘘をつこうとしたら、わたしはそれに気づくでしょう。少なくとも、そう願います」

「ゲ・リアング、もっと時間が必要なら、はっきりとそういえ。これだけ待たされたら、あと数時間待ってもなにも変わらない」

ダオ・リン＝ヘイはそういうとすばやく踵《きびす》を返した。

「ありえない。皇帝のわずかな心の動きすら読めないなんて！」ゲ・リアング＝プオが叫んだ。「かれの心のなかで、なにが起きているのか知りたいのです。でも、そこに近づくことすらできません！」

「画面越しに皇帝を見るより、直接会ったほうがいいのでは？」

「そうかもしれません」

「それなら、かれを訪ねればいい」

「でも、いまはそうしたくありません。うまくいく確信もありません。目下、皇帝はあなたを警戒しています。その結果は見てのとおりです。そんな状況下で、わたしにまで警戒心を持つことになれば、状況はさらに悪化するでしょう。わたしが突然あらわれたら、皇帝は態度をより硬化させるにちがいありません」

「それなら、わたしがもう一度皇帝のところにいって、なんでもいいから話をしよう。そうやって皇帝の気をそらせば、きみもかれの心にアクセスしやすくなるはず」

「無理です」ゲ・リアング＝プオが憔悴《しょうすい》しきった顔でいう。「一度めもそうして、うまくいかなかった。二度めも失敗するのがおちです」

「この先、自分の身になにが起こるのかを、皇帝はわかっているのだと思う。だからこそ警戒しているのだ。サル・テーとデル・ミオンからも警戒するようにといわれたはず。皇帝の地位につくような人物は、特別な訓練を受けていると考えていいと思う」

「もう、それについては考えません」ゲ・リアング＝プオが疲れきった声でいう。「とにかく早く決着をつけたいのです。いまできることをやってみるしかありません」

ダオ・リン＝ヘイはそれ以上話すのをやめてソイ・パングのもとへいった。

皇帝は最初の会話のときと同じ姿勢でベッドの上にすわっている。まるで、あれからまったく動いていないかのようだ。

「きみを待っていたよ」皇帝は彼女を見るといった。「で、謎は解けたのか？」

「残念ながら、まだだ」

「だから、また質問をしにきたってわけか？」

「そうだ」ダオ・リン＝ヘイは答えると、ベッドの向かいに置かれたクッションの上にすわった。


ソイ・パングに見つめられる。けれども皇帝は最初の会話のときほど警戒はしていないようだ。ときどき思考のなかに光り輝く青い真珠の像が見える。

「お遊びは、そろそろ終わりにしたい」心の葛藤を抱えながらダオ・リン＝ヘイがいった。謎を解く方法を知っている皇帝には敬意をはらっている。けれども、本当は単純なのに、なかなか解けないパズルを無理やりやらされているような気がしていらだってもいた。

ソイ・パングはそんなダオ・リン＝ヘイの気持ちに気づいたようだ。皮肉な笑みを浮かべる。それは達成不可能なゴールをめざしてもがく敵を、冷静に眺める勝者が見せるような優越感に満たされた笑みだった。

「この謎はだれにも解けないと思う」ダオ・リン＝ヘイがつづける。「ヒントをあたえられないかぎり無理だ。あなたはそのヒントを知っている。そうだな！」

「それは勇者にしかあたえられない！」ソイ・パングが断言する。

「それなら、わたしにあたえられて当然だ」

皇帝はなにもこたえない。ダオ・リン＝ヘイはその目に一瞬、光が差すのを見のがさなかった。そのとき、ゲ・リアング＝プオが再度皇帝の心を読みとろうとしているのを感じる。

「そろそろゲームの攻略法を教えろ！　どうすれば真珠のなかにあるデータにアクセスできる？」

皇帝は沈黙をつづけながらすこし肩を落とした。

「ハイパー波を」と、絞りだすような声をあげた。「モトの真珠にあて、特殊な方法で変調させてパルスシーケンスをつくるのだ。その周波数を教えてやろう」

「ここに書いて」ダオ・リン＝ヘイは穏やかな口調でいうとメモパネルとペンを皇帝に渡した。

数字が書かれていく。ダオ・リン＝ヘイはそれを見つめる。

皇帝はまばたきひとつせずにパネルを凝視し、数字だけに意識を集中する。早く終わらせたいという気持ちが強いのだろう。ひとつもまちがえることなく、いっきに書きあげた。

「これがその周波数だ」そういうとメモパネルを返した。

「ありがとう」ダオ・リン＝ヘイはパネルを受けとると立ちあがる。「感謝する、ソイ・パング」

皇帝は黙っている。顔は無表情だ。ダオ・リン＝ヘイがキャビンを去ろうとしても微動だにしない。

隣りのキャビンにはゲ・リアング＝プオがいた。壁に寄りかかって目を閉じている。

「喜んでいいのだよ」ダオ・リン＝ヘイが笑顔でいう。「すべてうまくいった。おまえのおかげだ」

ゲ・リアング＝プオはなにもこたえない。まるでその言葉を聞いていないかのようだ。

「データにアクセスする瞬間に立ちあいたくないのか？」ダオ・リン＝ヘイがたずねる。

「最高の瞬間だぞ」

「ソイ・パングを連れていくべきです」

「それはしない！」

「なぜですか？　皇帝はその方法を知っているのです。きっとあなたを助けてくれます」

「皇帝は正しい周波数を教えてくれたと思うか？」

「そう思います」

「それだけわかればもういい」ダオ・リン＝ヘイは吐きすてると、ゲ・リアング＝プオをひとり残して立ちさった。

すぐに技術者を呼びよせて、ハイパーインパルスを発生させてデータ・ファイルを開く方法を試す準備をする。真珠の入った箱を適切な場所に設置する。

これで、うまくいくはず！

そう自分にいいきかせながらダオ・リン＝ヘイは、モトの真珠に保存されているレポートをはじめて見たときのことを思いだしていた。

それを見たのはソイ・パング皇帝の宮殿の書斎だった。そこには、ありとあらゆる奇妙なものが並べられていた。やはり、皇帝を呼んで必要なものを確認すべきだろうか？

ほんの一瞬、ダオ・リン＝ヘイの思考は皇帝のもとへ飛び、かれの意識に触れた。そこで、気づいたのだ。

すぐに、ゲ・リアング＝プオの警告が送られてきた。

ダオ・リン＝ヘイが技術者を突きとばす。怒りでからだが震えている。技術者はおそるおそるあとずさりする。恐がられていることに気づいたダオ・リン＝ヘイは、冷静さをとりもどそうとする。

「偽のインパルスを教えられたのだ！」と、怒りをおさえながらいった。「あやうくモトの真珠を破壊するところだった！」

ドム・ガオン＝フォングという名の若いカルタン人技術者は驚いてダオ・リン＝ヘイを見た。そして、急いで装置の電源を切った。それまでかすかに聞こえていた振動音が消えた。

「よかった」ダオ・リン＝ヘイはそういうと深呼吸をした。

そして、実験装置とモトの真珠と近距離から真珠に向けられていた小さな送信機を見つめる。それらはすべて期待に胸を膨《ふく》らませながら準備されたものだった。

皇帝が仕組んだ罠は完璧だった。ダオ・リン＝ヘイはその罠を自ら完成させて、そこにはまりかけたのだ。

好奇心に駆られてなにも見えなくなっていた。そのせいで慎重さを欠き、ソイ・パングの罠にまんまとはまってしまったのだ。皇帝の目的があやうく達成されるところだった。

皇帝は〝モトの真珠のデータ・ファイルを開く〟という言葉を利用して、ダオ・リン＝ヘイだけでなく、ゲ・リアング＝プオまでだましたのだ。

皇帝がしぶしぶ明かしたパルスシーケンスは、たしかに真珠のデータ・ファイルを開くためのものだった。しかし、それはダオ・リン＝ヘイが想像していた形ではなかった。そのパルスシーケンスは真珠を粉々に砕いてしまうほど強力なものだった。

ソイ・パングが手ごわい相手だということを、肝に銘じておくべきだっただろう。そう簡単に秘密を明かすような男ではない。ゲ・リアング＝プオから暗示をかけられそうになったことを察知したのか、あるいは、それとにたような方法でマインド・コントロールされることを予期していたのかは、わからない。いずれにせよ、皇帝はだまされたふりをして、ダオ・リン＝ヘイを罠におとしいれたのだ。

皇帝はどこからこのパルスシーケンスの情報を入手したのか？　だれからモトの真珠の破壊方法を教えられたのか？　真珠のなかにその情報が入っていたのか？

皇帝は意図的にパルスシーケンスについては考えないようにしている。そのため、かれの思考から情報を入手した経緯を読みとることはできない。事件が起きてしまったいまとなっては、皇帝にだまされたのは当然のように思えた。

とはいえ、ソイ・パング皇帝が、モトの真珠を敵に渡すくらいなら、破壊してもいいと決断したことは、ダオ・リン＝ヘイにとって意外だった。皇帝にそんな勇気があるとは思っていなかった。真珠を破壊すると脅してファイルの開き方を聞きだそうとさえ考えていたのだ。皇帝は真珠を守るためならなんでもすると、思いこんでいた。

皇帝についてまちがったイメージを抱いていたのだろうか？　それとも、正しイメージを抱いていたが、皇帝が追いつめられて自らの信念を捨てたのだろうか？

「それがわかれば、皇帝の心を開く鍵を手にいれることができるのに」ダオ・リン＝ヘイはつぶやいた。

若い技術者が困惑した表情を見せる。ダオ・リン＝ヘイは気持ちを落ちつかせるために深呼吸をした。

皇帝の気をそらすことができたら……

「ここで待っていてくれ！」技術者に指示する。「すぐにもどるから」

＊

ゲ・リアング＝プオがソイ・パング皇帝のキャビンのハッチの前に立っている。ダオ・リン＝ヘイを不安そうに見つめる。

「もしかして……」ゲ・リアング＝プオが口を開く。

「いいえ」ダオ・リン＝ヘイが否定する。「皇帝は喜ぶのが早すぎた。待ちきれなかったのだ！　ようやくこれで、正しい情報を得ることができる。皇帝の弱点がわかったから。ここで待って、わたしの意識とつながっていて。長くはかからないと思う」

そういってハッチを開けた。

ソイ・パングはまだベッドにすわったままだ。顔色ひとつ変えない。

「いったいなんだ？」と、たずねた。

「だましたな！」ダオ・リン＝ヘイが叫ぶ。「あのパルスシーケンスはまちがっていた」

皇帝は無表情を保とうとするが、喜びと落胆の入りまじった感情は隠しきれない。とどめを刺すときがきた！

「誤算だったようだな」と、ダオ・リン＝ヘイ。「ゲームはもうおしまいだ。信念を捨てた者にゲームはつづけられない。インパルスはもちろん放射〝しなかった〟。モトの真珠は無事だ」

皇帝はすぐにすべてを理解した。

「それは残念だ」と、つぶやいてからだを起こした。

「いや、喜ばしいことだ」ダオ・リン＝ヘイが皮肉をいった。「こんどこそは、正しいパルスシーケンスを教えてもらおう！」

「教えるものか」皇帝は吐きすてるようにいった。「きみたちヴォイカの力が破滅するまで口は開かない。いずれにせよきみの負けだ、ダオ・リン＝ヘイ！」

「また誤算しているようだな」ダオ・リン＝ヘイが落ちついた口調でいう。「あなたは自分がどういう立場にあるのかをわかっていない。ソイ・パング、正しいインパルスを教えなさい！」

「切りきざまれたとしても、教えない！」

「そんな挑発にはのらない」ダオ・リン＝ヘイが冷静さを保って断言する。「なにをいってもむだだ」

「黙れ！」ソイ・パングが軽蔑のまなざしを向けて叫んだ。

ダオ・リン＝ヘイは皇帝がかたくなに和解を拒んでいることを感じとって残念な気持ちになる。皇帝が裏切られ、感情をもてあそばれたと思いこんでいる以上、しかたがないことなのだと自分にいいきかせた。

とはいえ、ソイ・パングがいまあらわにしている感情が本音だという確信も持てなかった。

皇帝は身の安全が保障された宮殿では、比較的友好的な態度を見せた。捕虜のカルタン人に対しては礼儀をわきまえて忍耐強く接し、自分は善良な統治者であるという信念にもとづき、大らかにふるまっていた。それができたのは、欲しい情報はいつでも手に入るという確信があったからだ。我慢が限界に達すれば、ダオ・リン＝ヘイとその仲間を脅迫し、拷問すればいいと思っていたにちがいない。

頭のいい皇帝はそれが最善の方法だということを知っていた。だから、正体を隠して紳士を演じたのだろう。

あるいは、本当に紳士なのかもしれない。

心の底では暴力と残忍さを嫌い、知識欲を満たすだけで満足している善良な研究者でありたいという願いがあるのかもしれない。

けれども、そんな願いとは裏腹にカラポンの皇帝になってしまったのだ。

カルタン人に捕らえられたのは自分の失態が原因だと認めなければならないのは、ソイ・パングにとって耐えがたいことにちがいない。

本来、〝皇帝〟は完全無欠の神のような存在でなくてはならないからだ！

しかし、ソイ・パングが認めようと認めまいと、失態をおかしたのは事実だ。結局、カルタン人の捕虜に対してかれが示した同情はなんの役にもたたなかった。

モトの真珠を盗もうと計画していたもと大提督フェング・ルを、現場でとりおさえて殺害しようと考えた皇帝は、わざと警備兵まで引きあげさせた。そのせいでシサ・ヴァートとロイ・スクロムの罠にはまってしまったのだ。それだけではない。モトの真珠を守るために、それを自分の手もとに置いた。厳重に警備されていた部屋から持ちだし、自分の書斎に持ってきてしまった。

そんな軽率な行動が悲惨な事態を招くことになった。よかれと思ってしたことが正反対の結果に終わったのだ。

こうして、〝皇帝〟は捕虜の身に転落した。それはかれにとって非常になじみのない役割だ。殺される前に充分苦しめられることを覚悟しなければならない。なぜならこれまで、かれ自身が捕虜に対してそうしてきたからだ。

もちろん、かれ自身が直接手をくだしたわけではない！

残虐行為をおこなうことも、見ることも好きではなかったからだ。しかし、だからといって、それをやめさせる努力はしなかった。捕虜から情報を入手するよう命令を出すだけで、そのやり方と実行は家来に任せていた。自らの手を汚すことは決してしなかった。

「きなさい！」ダオ・リン＝ヘイが命じる。「今日は、わたしがあなたに見せたいものがある」

「モトの真珠のレポートかね？」ソイ・パングが冷笑を浮かべて訊いた。

「そうだ」ダオ・リン＝ヘイはそっけなく答えた。

「それは大いに楽しみだ！」カラポン皇帝はいった。

3

ダオ・リン＝ヘイがカラポン皇帝を連れてキャビンに入ってきたのを見て、ドム・ガオン＝フォングは目を丸くした。ソイ・パングが拘束されていないことに驚いたのだ。

「護衛をつけましょうか？」ドム・ガオンが不安げにたずねる。

「必要ない」ダオ・リン＝ヘイが断言した。「ふたりきりになりたい」

「皇帝と？　このキャビンで、ですか？」

「心配するな。なにも起きないから」

ドム・ガオン＝フォングがハッチを開けて出ていくと、ゲ・リアング＝プオがキャビンに入ってきた。壁ぎわのクッションに無言ですわると、カラポン皇帝を凝視する。

皇帝の気をそらすこと。それがダオ・リン＝ヘイが見つけた最終手段だった。ソイ・パング皇帝はゲ・リアング＝プオに暗示をかけられないよう集中力を極度に高めている。気を許した時点で、勝負に負けてしまうことを知っていたからだ。皇帝の気をそらすために使えるものはあらかじめ準備してあった。けれども、それを使うタイミングは非常にむずかしい。

ダオ・リン＝ヘイは宮殿で皇帝の弱点に気づいた。モトの真珠を見ると、それ以外のことはすべて忘れてしまうのだ。

ダオ・リン＝ヘイは、モトの真珠が今回も皇帝を魅了することを祈る。しかし、そうならない場合は、別の方法を考えなければならない。正直なところ、成功するのはむずかしいと考えていた。

モトの真珠が皇帝を魅了するかどうかは、ゲ・リアング＝プオの能力とは関係のないことだ。彼女は静かに壁ぎわにすわってほほえんでいた。

そのほほえみは、成功すると信じている証拠なのか？

ソイ・パングはゲ・リアング＝プオには注意をはらわない。まるで彼女の存在に気づいていないかのようだ。その代わりに、ドム・ガオン＝フォングとダオ・リン＝ヘイがモトの真珠のまわりに設置した装置を見つめていた。

「もちろん、この装置のどこに不備があるのかを教えてもらえないことは、わかっている」ダオ・リン＝ヘイが率直にいう。

「不備なんて、どうやってわかるんだ？」ソイ・パングが冷笑を浮かべて訊いた。

「あなたもモトの真珠に興味を持っているなら、助言してくれてもよいのでは。それとも、真珠に保存されている情報をすでに知りつくしているのか？」

皇帝は意味ありげにほほえんだ。

「正直なところ、わたしには想像もつかない」ダオ・リン＝ヘイが淡々と話をつづける。「この真珠を詳細に調べた。マイクロ・ファセットのひとつひとつが独立したデータ記憶媒体であることがわかった。そこには、あなたが宮殿でわたしに見せてくれたよりもはるかに多くの情報が保存されている。あなたが一生かけても見きれないほど膨大な量の画像やレポートやデータが保存されているはず。それとも、マイクロ・ファセットのデータ容量は、わたしの想像をはるかに超えているのかな？」

「それはない」

ダオ・リン＝ヘイは息をのんだ。モトの真珠についての質問に、ソイ・パングがはじめてすなおに答えたからだ。

「ここに保存されているレポートのすべてを手にいれたい！」ダオ・リン＝ヘイは穏やかな口調でつづける。「レポートをまとめて、それを活用すれば、多くの謎が解けるにちがいない！」

「きみが想像しているほど多くの謎は解けないだろう」

「それはモトの真珠が完全ではないから？」

「いや、データ・ファイルを開くことができないからだ」

「でも、あなたは〝開けた〟のだな？」

「つまり、たった〝ひとつの〟マイクロ・ファセットしか開けられなかったということ？」

「おそらく」

「ということは、あなたはたしかなことをなにも知らないのか？」

「そう、解釈していい」

ダオ・リン＝ヘイはゲ・リアング＝プオに目を向けないように注意する。そして、モトの真珠を指さした。

「これまでに確認したレポートの数は？」と、たずねた。

「ひとつだけだ」

そこで、ダオ・リン＝ヘイは考えこむ。これまでに聞いた話から判断すると、レポートは少なくともふたつあったはずだ。ひとつは《バジス》について、もうひとつは《ナルガ・サント》について。

ダオ・リン＝ヘイは《バジス》についてのレポートを見たが、それが偽物である〝可能性〟は否定できないように思う。そのレポートは、詳細な記録が残されていない、かの有名な事件をのちにシミュレーションしたものだったが、動画の形はとっていなかった。

「ほんの一部だけ」

いっぽう《ナルガ・サント》のレポートは、ソイ・パングに見せてもらう予定だった。しかし、フェング・ルに襲撃され、逃亡せざるをえなくなったため、それは実現しなかった。

「なぜ、レポートを見るのがそんなにむずかしいのだ？」ダオ・リン＝ヘイはたずねた。

「むずかしいということではない」皇帝は冷静に答えた。「この真珠はハイパー送信機のようなものだ。送信機は特定のコードにだけ反応する。データを受信したいなら、正しい周波数を設定しなくてはならない。それ以外に方法はない」

「あなたは、どうやってそれを知った？」

「教えてもらったんだ」

「つまり、コードを知っている人物がいるのだな？」

「的はずれな質問をするな！」

「その人物はカラポン人なのか？」

「わたしが目玉の大きな怪物の仲間に見えるか？」

これは、皇帝と会話するさいに生じる典型的な障害のひとつだ。ソイ・パングは質問の意味を理解する代わりに、質問の〝文言〟にこだわるのだ。

とはいえ、これはある種の警告でもあった。ゲ・リアング＝プオが皇帝の心理に充分影響をあたえていないか、影響をあたえつづけられていないかのどちらかだ。彼女は力みすぎていた。本来、こうしたことは経験の浅い暗示者にしか起こらない。しかし、ゲ・リアング＝プオはそうではない。明らかに、彼女の力みは疲労の結果だった。

「だれがあなたにコードを教えた？」ダオ・リン＝ヘイが会話の軌道修正をはかる。

「父だ」

つまり、モトの真珠はカラポン皇帝が代々受け継いできたものなのだ。

それなら、なぜカラポン人はずっと以前に《バジス》の再構築に着手しなかったのか？　先代の皇帝は再構築がむだだとわかっていたのか？　それとも〝瓦礫《がれき》の墓場〟を訪れたギャラクティカーたちが、なにかを見落としていたのだろうか？

そんなことはどうでもいい！　ダオ・リン＝ヘイは自分にいいきかせた。コードの出所をいま知る必要はない。というのも、コードの入手にカラポン皇族の複数の世代が関与しているとしたら、ソイ・パングの興味をひきつけ、それを聞きだすまでには長い時間がかかることが予測されるからだ。

「つまり、現在コードを知っているのは、あなただけなのだな？」ダオ・リン＝ヘイが優しくたずねた。

「そのとおりだ」

「でも、あなたはもう自分の書斎にいるわけではない」それを指摘したのは、まちがいだったかもしれない。「ここは、われわれのテリトリーだ。目下、《ナルガ・サント》

へと向かっている。あとすこしで、われわれは真珠の片割れを見つけるだろう。それでもなお、あなたはまだ片割れを手にいれたいと思っているのか？」

「そうだ」

「それなら、探すのを手伝ってくれないか？」

「そのためには、レポートを見る必要がある」と、ソイ・パングは答えると、すこしためらったあとにつけくわえた。「レポートは非常に長い」

心の奥底で警鐘が鳴り、ダオ・リン＝ヘイは一瞬とまどう。カラポン皇帝が現状ではありえない発言をしたからだ。

皇帝はいま未来のことは考えられないはずだ。もし、それができたのだとすれば、ゲ・リアング＝プオの暗示力が弱まったか、皇帝がレポートのことを考えたことで、暗示をすり抜けられるほど強い記憶が呼びさまされたかのどちらかだ。

これまでの経験から、それは危険な状態だとダオ・リン＝ヘイは判断する。特にカラポン皇帝のような頑固で意志が強い者が相手である場合には……

ダオ・リン＝ヘイはゲ・リアング＝プオを一瞥《いちべつ》し、これ以上、彼女を酷使するのは無理だと悟る。うまくいく保証はなくても、いまは危険をおかすしかない。皇帝になにかを書かせるといった簡単な暗示さえかけられない状況におちいったのだ。

「時間は充分ある！」ダオ・リン＝ヘイはゲ・リアング＝プオの仕事を全力でサポート

しながら、穏やかな口調でいう。「ソイ・パング、モトの真珠のデータ・ファイルを開いて、そのレポートを見せてほしい！」

「わかった。レポートを見せてやる」トランス状態に入ったカラポン皇帝がつぶやいた。とはいえ、〝実際に〟どれほど深く入っているのかはわからない。「レポートを見せられない理由はない。最初からそうするつもりだったんだ。レポートを見せれば、きみもモトの真珠の片割れを隠す意味がないことに気づくだろう。《ナルガ・サント》にあることはもうわかっているのだ！」

ダオ・リン＝ヘイは顔色ひとつ変えない。それでもソイ・パングが送信機に近づき、手を伸ばすと、胃のあたりに痛みを感じた。

危険を承知でゲ・リアング＝プオを一瞥し、メッセージを送る。

〈大丈夫だから！〉

ソイ・パングはふたりのやりとりに気づかない。周囲をまったく気にしていないようだ。その顔は無数のファセットからはなたれる青い光に照らされて幽霊のように見える。

ダオ・リン＝ヘイははじめてモトの真珠を見たとき、真珠から呼びかけられたような気がした。しかし、あれは単なる錯覚だったといまでは確信している。つまり、妄想だったのだ。あれから真珠を何度も目の前で見たが、自然な魅力以上のものを感じたことはない。知的生命体が謎の物体を見たときに生じる、ごく一般的な感動を覚えるだけだった。

けれども、モトの真珠はカラポン皇帝に対しては非常に強い影響力があるらしい。ダオ・リン＝ヘイはソイ・パングの動作や態度や思考や感情に注意をはらう。危険な兆候はいっさい見られない。ゲ・リアング＝プオもいまは手ごたえを感じているようだ。けれどもダオ・リン＝ヘイはどこか腑に落ちないものを感じていた。

〝レポートは非常に長い〟

皇帝がいった言葉が頭から離れない。

ソイ・パングは冷静かつ迅速に機器を操作する。かれの思考は目の前のことだけに集中していた。疑わしげな思考は混ざっていない。よってダオ・リン＝ヘイは皇帝を自由にさせた。とはいえ、いつでも皇帝の思考に介入する準備はできていた。

ソイ・パングは機器の操作を終えると、うしろにさがり、真珠から目を離すことなくテーブルの縁に腰かけた。

機械から、異世界の讃美歌とも呼べるような優雅でメロディアスな音が、かすかに発せられる。つづいて、インターコスモで話す声が聞こえてきた。

「わたしの名はエルンスト・エラート……」

そのとき、ゲ・リアング＝プオがため息をついた。ダオ・リン＝ヘイはソイ・パングがそれに気づかなかったことを願う。横目で確認すると、ゲ・リアング＝プオは目を閉じて頭をさげている。皇帝に暗示をかける力を失っている。

即座に、ダオ・リン＝ヘイは皇帝の思考の隙間に入ろうとするが、高い暗示能力がないためできない。ゲ・リアング＝プオのサポートはできたが、皇帝のトランス状態をひとりで維持するのは不可能だ。

ソイ・パングが我に返る。一瞬にしてなにが起こったかを察知し、送信機のスイッチを切った。

声がやんだ。

カラポン皇帝が振りむく。もうモトの真珠に心を奪われてはいない。肩をそびやかして、怒りに満ちたまなざしをダオ・リン＝ヘイに向けた。しかし、すぐに怒りを鎮めると、ふたたび送信機のスイッチに手を伸ばそうとする。

真珠を破壊しなければ！　皇帝のその思いが強かったので、ダオ・リン＝ヘイもそれを読みとることができた。

すぐさま、カラポン皇帝に飛びかかり、そのからだを送信機から引きはなすと、顔を殴った。

皇帝は相手から予想外の反応をされて冷静になる。静かに両腕をさげると、ぼんやりと床を見つめた。

ダオ・リン＝ヘイは皇帝の反応に驚いてあとずさりする。もう、かれの思考を読みとることができない。心を完全に閉ざしてしまったようだ。一瞬、降参したようにさえ見えた。

しかし、そうではない、とすぐに自分にいいきかせた。カラポン皇帝はこれまでの人生で他人から激しく抵抗されたことはないはずだ。皇太子時代も、皇帝時代も、いつも最終的には自分の思いどおりにしてきたにちがいない。そう考えると、皇帝のこうした反応はごく自然なことのように思えた。

とはいえ、ソイ・パングがゆっくりと頭を上げて姿勢を正すと、ダオ・リン＝ヘイは安堵した。皇帝は敵だが、精神的に破壊するつもりはない。もちろん、皇帝ほど意志力が強い者は、超心理的な方法で自らの意思に反することを強要されれば、簡単に精神を病んでしまう可能性はある。

ゲ・リアング＝プオがときに、自分の能力を最大限使うことを拒むのも、それが理由だった。

ソイ・パングはモトの真珠を見つめている。

「きみたちはずっとわたしをだましていた」弱々しい声でいう。「わたしは〝きみ〟が超能力を持っているのだと思っていたが、そうではなかった。超能力者はゲ・リアング＝プオのほうだった」

「われわれはふたりとも超能力者だ」ダオ・リン＝ヘイが淡々と説明する。「でも、だからどうだというのか？」

「そのとおりだ」皇帝は暗い声でいう。「大事なのは結果だけだ。これでレポートの入手方法はわかっただろう。これから、どうするつもりだ？」

「レポートを見る。そして《ナルガ・サント》にカラポン兵が乗りこんだ理由を突きとめる」

「それから？」

「真珠の片割れが《ナルガ・サント》にあるなら、それをとりにいく。両方の破片を組みあわせてデータを入手する」ダオ・リン＝ヘイは微笑する。「そのデータは見せてやろう。そうすれば、あなたも欲しかった情報のすべてを手にいれることができる」

なぜ、ダオ・リン＝ヘイはそんなことをいったのか？　皇帝を励ますためか？

そうだ、と彼女は思う。確かに、そのとおりだ。

ダオ・リン＝ヘイはソイ・パングに同情していたのだ。カラポン皇帝がカルタン人にとって最悪の敵だとわかっていても、同情心は消えない。それは、かれがゲームに負けたからだ。無力な捕虜以上に、敗者という役割は皇帝にはふさわしくない。

ダオ・リン＝ヘイは、皇帝が敗者の役割を従順にこなす姿を見たいとは思わない。なぜなら、それを見たところで、問題の核心が明らかになることはないからだ。

カラポン皇帝には、自らの勢力圏の状況を改善するための機会が充分あたえられていた。それにもかかわらず、権力を行使して変革をおこなわなかった。なんの考えもなく、前皇帝たちのやり方を踏襲した。それだけで、愚かで、惨めな支配者と見なされるには充分だ。慣例にしたがい、帝国軍の兵士たちを酷使しつづけた。いまでもカラポン人は、どんな絶望的な状況下でもあきらめたり、妥協したりすることは許されない。死ぬまで戦うことを余儀なくされている。すべては皇帝の責任だった。

そんな男に同情する意味はない。しかし、同情という感情は論理的に説明できないものなのだ。

ソイ・パングは絶望した者のように身を縮こまらせている。しかし、ダオ・リン＝ヘイは、皇帝が立ちなおりつつあることを感じとる。そのことに安堵している自分に気づいて驚いた。

「そろそろ、お暇《いとま》をいただきたい」皇帝が皮肉をこめていった。

ダオ・リン＝ヘイは二名のカルタン人を呼びだすと、カラポン皇帝を牢獄に連れていくよう指示した。

皇帝が去るのを見とどけると、ゲ・リアング＝プオを揺さぶりおこした。

「成功したぞ」ダオ・リン＝ヘイが報告する。

「それはよかった」疲れはてたゲ・リアング＝プオがつぶやく。「これで、ゆっくり眠れる」

「眠りたいだけ眠るといい」ダオ・リン＝ヘイはそう声をかけた。

けれども、ソイ・パングについては話さなかった。《ナルガ・サント》とようやく入手したレポートのことで、頭のなかはいっぱいだったからだ。

4

ソイ・パングは送信機の設定をこっそり変えていたが、ダオ・リン＝ヘイはそういうこともあろうかと、皇帝の動きや言葉をすべて記録させていた。そのため、なんなく正しい設定値を見つけることができた。

小型のハイパー送信機が作動しはじめると、柔らかで、メロディアスな音が聞こえてくる。けれども画像はあらわれない。ダオ・リン＝ヘイは、ソイ・パングが秘密の設定値の一部しか明かさなかったのではないかと心配する。もし、そうであるなら厄介だと思う。《バジス》の分散化に関するレポートは、ほぼ画像だけで構成されていたのだから。

少なくとも、インターコスモで話す声だけは聞こえてきた。

「わたしの名はエルンスト・エラート。〝アムリンガルの時の石板〟のアブストラクト・メモリー内にある個人データ・ファイルを開いたところだ。アブストラクト・メモリーは異言語でアミモツオと呼ばれている。これから、わたしの身に起こる出来ごとをレポートする。いまはアムリンガルにいるが、もうすぐここを去るつもりだ。目的地はわたしの故郷である惑星テラ……」

「テラナー！」ダオ・リン＝ヘイが驚きの声をあげ、身をこわばらせた瞬間、銀の鈴のようなメロディアスな音が響きわたってモニターが明るくなった。

星のない虚空に浮かぶ不毛の天体が、最初はゆっくりと、しばらくすると急速に小さくなっていくのが見える。撮影者は徐々に速度を上げながら天体から遠ざかっているようだ。けれども、どういう方法でそれが撮影されたのかは不明だ。

ダオ・リン＝ヘイには、その画像が通常の方法でつくられたものではないことがわかる。というのも、アムリンガルは事象の地平線と呼ばれるブラックホールの下方にあり、いわゆる過去の柱の背後にあるからだ。つまり、割れ目やクレーターだらけの不毛の小惑星の画像は、科学技術の助けによってしか生成されえないものなのだ。

しかし、いま映しだされているものは、特殊な探知システムが肉眼では見えないものを可視化しただけのもののようには見えない。

その画像は……〝生き生きとしている〟のだ。

ダオ・リン＝ヘイにはそれ以上いい表現を見つけることができない。とはいえ、ほぼ確信していることがひとつあった。それは、その画像が生きている生命体の目からモトの真珠に転送されたということだ。

「キトマが、わたしの仲間を迎えにアムリンガルにきた」テラナーが報告をつづけると、惑星は画像から消えた。「キトマについては、いまは説明しないほうがいいと思う。彼女のことを知っている者なら、説明しない理由をわかってくれるだろう。知らない者には、説明したところでなにも理解できないのだから」

ダオ・リン＝ヘイはエラートの首を絞めたくなる。

なぜ、キトマがモニターに映らないのか？　なぜ、彼女が使っている移動手段がまったく見えないのか？

アムリンガルはふつうの宇宙船で飛行できる宙域ではない。テラナーであるエラートは、どうやってそこにたどりついたのか？　そして、どうやってそこから逃げだしたのか。キトマに助けられたのか？　もしそうなら、彼女はどういう手段を使ったのか？

ダオ・リン＝ヘイはエルンスト・エラートとキトマの両方の名前を聞いたことがあった。とはいえ、テラナーの名前のほとんどはうろ覚えなので混同しやすい。

いっぽう、キトマが少女だということははっきりと覚えていた。謎の種族クエリオンの一員だということも。だから、謎の少女をひと目でもいいから見てみたかったのだ。

では、エルンスト・エラートはどうか？

ダオ・リン＝ヘイの記憶が正しければ、ペリー・ローダンはかれのことを〝永遠の放浪者〟と呼んでいた！　実に〝奇妙な〟放浪者だと！　過去にエラートの報告がアムリンガルで発見されたことがあるが、それはとても短いものだった。だからこそ、エラートがこのレポートのなかで、過去についてより詳しく語ってくれることを、ダオ・リン＝ヘイは祈った。アムリンガルや〝年代記作者〟や超越知性体〝それ〟が関係しているとされる時の石板について、とりわけ、それが宇宙規模のカタストロフィのさいに破壊された経緯について語ってくれることを祈った。

しかし、エラートはアムリンガルを去った〝あと〟のことだけを報告すると決めたようだ。それ以前の出来ごとについては話そうとしない。それまでしてきた旅の内容や期間にさえ触れなかった。

テラナーならこのレポートを見て、より多くのことを理解できるはずだ、とダオ・リン＝ヘイは思う。しかし、いまのところテラナーに会うことも、テラのデータ貯蔵バンクにアクセスすることもできない。エラートの報告を解釈するには自分の想像力に頼るしかなかった。

エラートは前置きを早口で語りおえると、短いが、重要な警告を発した。

「アミモツオを見つけた者は、さらなるデータ・ファイルを開きたくなるだろう。それを実現するためには、少なくとも運が必要になる。わたしは、だれにもその方法を明かすことはできないが、警告だけは伝えておきたい。アミモツオは特定の連続ハイパーインパルスによって破壊されるおそれがある。アブストラクト・メモリーはそのインパルスを照射されると崩壊する」

そして、エラートはそのパルスシーケンスの詳細を教えた。それは、ソイ・パングが最初にダオ・リン＝ヘイに教えたものと同じだった。

これで、皇帝がハイパーインパルスについての情報をどこから入手したのかが明らかになった。しかし、エラート自身は情報の出所を明かさない。モトの真珠の扱いかたについても話さない。直観的にそう決めたのか、秘密を持ちたい性格なのかはわからない。謎の少女キトマやほかの生命体から指示されたのかどうかも定かではなかった。

モニターがふたたび明るくなると、ダオ・リン＝ヘイは映像の技術的な面に注目する。そして、その奇妙さに気づいた。画像が何層にも重なりあい、それらが立体感を生みだしているのだ。しかも、その立体感は光学的手段を使わずに、印象を重ねあわせてつくられていた。

すべてが、テレパシー交信のさいに受信する光学的インパルスに似ていた。そのインパルスも印象の重なりから生みだされていた。

レポートはエラートの〝思考から〟直接モトの真珠に転送されたのかもしれない。そう、ダオ・リン＝ヘイは考える。

〝いちばん上の画像層〟はクレーターだらけの大気のない天体を、第二の画像層は多種多様な設備が設置された天体の表面を、第三、第四の画像層は地下にある設備を映しだしている。巨大な計算脳を見させられているというのが、全体的な印象だった。

「ネーサン」突然、悟ったかのようにダオ・リン＝ヘイがつぶやく。「テラの衛星ルナ。でも、どうやってエラートはそこにたどりついたのだろう？　いったい〝いつ〟すべては起こったのか？」

レポートはひとつめの質問には答えてくれない。しかし、ふたつめの質問は、レポートのつづきを見ることで明らかになる。

画像の層が徐々に消え、ひとつの画像だけが残る。無機質な通廊と扉。その奥に、同じく無機質な部屋があり、ふたりの男性テラナーがテーブルにすわっているのが見える。ふたりのあいだには、卵形の物体が置かれている。魅惑的な輝きをはなつその物体こそがモトの真珠だ。

ダオ・リン＝ヘイははじめて真珠の原形を見る。ふたりのテラナーと同じようにその美しさに魅了される。

「それはなんだ？」テラナーのひとりがたずねた。

「データ貯蔵バンクです」もうひとりが答えた。その人物はエルンスト・エラートだろうか？　そうにちがいない。まるで自分の所有物であるかのように両手でモトの真珠を包みこんでいる。「ネーサンに見せるために持ってきました」

「なぜ？　この……〝物体〟のなかに、ネーサンの知らないデータが含まれていると思うんだ？　いったい、どこで入手した？」

「いまは答えたくありません。どうか、わたしのこともだれにも話さないでください」

「なぜ秘密にしたがる？　これがそんなに重要なことなら、なぜ〝わたし〟に話した？　きみならだれの助けも借りずにネーサンのもとへいけるはずだ」

「そのとおりです」エラートは穏やかな口調で答えた。「でも、あなたに話したほうがことはスムーズに進みます。いっしょにネーサンのもとにいっていただけますか？」

「きみがそう望むなら、いこう」

小通廊、大通廊、反重力リフト、転送機。それらの画像と印象が部分的に重なりあい、ふたりのテラナーが長い距離を歩いていることがわかる。とはいえ、その場面は一、二秒しかつづかない。画面から消えていた容器に入れられたモトの真珠は、数秒後にふたたびあらわれる。けれども、実際は何時間も経過したことを、ダオ・リン＝ヘイは知っていた。

エラートが貴重なデータ貯蔵バンクである真珠を慎重に手にとる。

「ネーサン、受けとったデータの内容を教えてくれ」もうひとりのテラナーがいった。

「データ分析の結果も」

「テラと人類は危機に瀕しています」ネーサンが説明する。「テラナーを守り、援助を得るために最善をつくさなければなりません」

「それだけか?」テラナーが語気を強めて訊く。男は非常に権力のある人物のようだ。かれの態度と声にそれがあらわれていた。

ネーサンからそっけない答えが返ってくる。

「はい」

男はいらだつ。ダオ・リン゠ヘイにもそのいらだちは理解できた。彼女が男の立場だったら同じ不満を抱いただろうから。

「わたしをからかうつもりか?」男はたずねた。「もっと詳細な情報を出せ。いますぐにだ!」

返事はない。

「いいかげんにしてくれ。いったいどういうつもりなんだ?」男はどなるが、ネーサンはなにも答えない。

「頑固なハイパーインポトロニクスに敬意というものを教えてやらねば」男は怒りを皮肉で誤魔化すようにエラートにいった。「ああ、どうすればいいんだ!」

「ネーサンの感情を操作するのは、むずかしいでしょう」エラートが苦笑しながらいった。

「ネーサンに感情なんかない。存在しないものをどうやって操作しろというんだ? ま

「わたしもそう思います。しかし、ネーサンがわれわれの裏をかかないよう気をつけたほうがいいかもしれません」

あ、いいだろう。そのうち、いい方法が見つかるさ」

「わたしをだれだと思っているんだ。ガルブレイス・デイトンだぞ。ネーサンがこの奇妙なデータ記憶媒体からなにを読みとったかくらいすぐに見つけだしてやる」デイトンはエラートの提案を無視して怒声をあげ、あえて感情を爆発させた。

そして挑戦的なまなざしを四方八方に向けた。

「聞こえたか、ネーサン？」宣戦布告するかのような口調でたずねた。

返事はない。

「もどりましょう！」エラートが提案する。

ふたりは出口に向かった。

そのとき、突進してくる大きな足音が聞こえてきた。ふたりはあとずさりして道を開ける。

やってきたのはヴァリオ＝500型ロボットのアンソン・アーガイリスだ。お気に入りの惑星オリンプの皇帝のマスクをつけている。

ふたりに向かって軽くお辞儀をした。ていねいに編まれた、燃えるような赤い髭《ひげ》が照明の下で輝いている。

「ここで、なにをしているんだ?」デイトンがいぶかしげにたずねた。

アーガイリスは答えない。その代わりにネーサンが口を開いた。

「〝わたしが〟かれを呼びだしたのです」と、説明する。「アンソン・アーガイリス、できるかぎり早く《バジス》に飛び、ハミラーにこう命令しなさい。《バジス》を分散化せよ。いますぐに! と」

しばらく沈黙がつづく。

「だめだ!」デイトンが叫んだ。「なぜ? なんのためにそんな命令を出すんだ?」

ネーサンは答えない。アーガイリスは彫像のように立ちすくんでいる。

「説明しろ!」デイトンが叫んだ。

アーガイリスは振りむき、咳ばらいしながらベルトの位置を正す。

「ネーサンが必要なデータを送ってくれました」と、説明した。「すぐに《バジス》に向かいます」

「だめだ!」デイトンが命令し、ロボットの行く手をはばむ。「どうしてもいきたいというのなら、どういう理由でこんな命令がくだされることになったのか、きみの口から説明してくれ」

アーガイリスはデイトンの両腕をつかむと、そのからだを軽々と持ちあげて脇によせた。そして、無言で立ちさった。

「ヴァリオをとめろ！」デイトンが隠しもっていた無線機に向かっていう。「ルナから出すな！」

「それは無理です」ネーサンが淡々とした口調でいう。「ヴァリオ・ロボットはもう《バジス》に向かっています。だれにもとめられません」

デイトンは一瞬、身をこわばらせた。

「信じられない！」と、つぶやいた。「こんなやり方で命令を出すなんてありえない」

「ありえないことを可能にしたまでです。これ以上の説明は不要です」

「あきらめたほうがいいですよ」エラートが提案する。「これ以上話してもむだです。ネーサンは、この命令を非常に重要視しています。あなたがどんな手段を使ったとしても、命令をとりさげることはないでしょう」

デイトンが振りかえり、モトの真珠を非難するように指さした。

「その真珠のせいだ」と、怒りをあらわにしていった。「それがネーサンを狂わせたんだ。わたしに真珠を渡せ。調査させる」

「いやです」

「これは命令だ！」

「そんな命令にはしたがいません」エラートが断言する。「あなたが、アミモツオを所有することはできません。ネーサンも正気を失ってはいません。ハイパーインポトロニクスは最新の重要データを受けとったまでです。ときがくれば、すべてを説明してくれるでしょう。それまでは待つべきです。いまは現状を受けいれるしかありません」

デイトンは反論したくなる気持ちをおさえて下を向くと、頭を振った。

「負けを認めよう」と、つぶやいた。

そして、背筋を伸ばしてエラートの目を見た。

「今日ここで起こったことは、だれにもいわないでくれ」と、真剣な顔で懇願する。「〝だれにも〟だ。わかったか？」

「いいふらすつもりはありません」エラートは穏やかな口調で答えた。「秘密厳守を先に求めたのは、わたしのほうですから。覚えていないのですか？」

「そうだった」デイトンはそれを思いだすと、安堵のため息をついた。「うまいものでも食べながら昔話でもしようじゃないか。おたがいに積もる話もあるだろう」

「たしかに」エラートが答えた。「でも、時間がないのです。すぐにルナを去らなくてはなりません」

「なぜ、そんなに急ぐんだ？」デイトンがいぶかしげにたずねた。「まだ、きたばかりじゃないか」

「もう、いかなくては」エラートがそういうと、しばらくしてモニターが暗転した。

5

ダオ・リン＝ヘイは送信機のスイッチを切ると、こめかみをもんだ。モトの真珠と《ナルガ・サント》の関係については、まだなにもわからないが、エルンスト・エラートのレポートを見つづけるのはむずかしいと感じる。頭痛がして、脳が情報過多におちいっているような気がする。

モトの真珠のレポートを見ると、なぜこんなにも疲れるのか。ダオ・リン＝ヘイにはそれがわからない。映像も内容もすべてが興味深い。けれども、見つづけると疲労困憊《こんぱい》してしまうのだ。

多かれ少なかれ、皇帝ソイ・パングがモトの真珠に大きな価値を見いだした理由は理解できた。とはいえ、モトの真珠は皇帝にとって〝おもちゃ〟以上のものではなかったような気がする。というのも、これまでの経緯から判断すると、皇帝はモトの真珠をほとんど使いこなせていなかったからだ。

そのとき、レポートを見たばかりのダオ・リン＝ヘイの頭のなかに、ある疑問が浮かぶ。カラポン人たちは、いったいどうやってこの貴重なデータ貯蔵バンクを手にいれたのか？

ダオ・リン＝ヘイはモトの真珠を持ってキャビンを去ると、ゲ・リアング＝プオに質問を投げかけた。けれども、ぐっすり眠っている彼女は返事をしない。よって、そのまま寝かせておくことにした。

ゲ・リアング＝プオの助けがなければ、ソイ・パングからあらたな情報を得ることはむずかしい。けれども、ダオ・リン＝ヘイはひとりでそれを試してみることにする。皇帝が落胆する姿を見たいという気持ちが少なからずあったからかもしれない。レポートの最初の部分を見たと伝えれば、皇帝がどんな反応を示すか興味があった。けれども、それ以上に興味があったのは、謎の真珠がカラポンの宮殿に持ちこまれた経緯だ。

カラポン帝国皇帝ソイ・パングは非常に設備の整った《マーラ・ダオ》のキャビンに隔離されていた。娯楽や情報検索さえも許されている。とはいえ、皇帝はこれまで、それらの設備を利用したことは一度もない。最初のころは、ハンガーストライキをしているようにさえ見えた。

そこには監視カメラさえ設置されていない。ダオ・リン＝ヘイが皇帝の生活を録画することを禁止したからだ。

けれども、皇帝はキャビンの外に自由に出られるわけではない。ハッチの前には警備兵が立っている。もちろん、キャビンのなかのさまざまな設備は船内システムに接続されており、かれが食事を注文したり、薬を求めたり、一般的でない情報にアクセスしようとするときには報告がくるよう設定されていた。

カラポン皇帝はそうした設備をほとんど利用しなかったが、少量の食事だけはとりつづけていた。ダオ・リン＝ヘイにはそれが、皇帝が現状を受けいれはじめている証拠のように思えた。よって、いきなり、かれのキャビンに入るのではなく、入る前に話をしてもいいかとたずねることに決めた。あらかじめ心の準備をさせておけば、皇帝が現状を受けいれるプロセスを早められると思ったからだ。

しかしソイ・パングには、それが気にいらなかったらしい。返事がない。結局、ダオ・リン＝ヘイは強引にハッチを開けてキャビンに入った。

もっと早くそうしておけばよかった。ダオ・リン＝ヘイは後悔したが、はじめから強引になかに入っていても結果は変わらなかっただろう。というのも、彼女がソイ・パングを見つけたときは、すでに死後二時間半が経過していたからだ。皇帝は自殺をはかったのだ。

遺体の横には遺書が置かれていた。そこにはこう書かれていた。

わたしは敗者になった。カラポン帝国皇帝は敗者であってはならない。戦いに負けたら死んで贖《あがな》うしかない。それがカラポンの掟だ。カラポン帝国の兵士たちがその掟を守っているなら、わたしもそれにしたがうしかない。

ダオ・リン＝ヘイは皇帝を見おろした。ショックを受けて茫然自失する。

「こんな結果を、望んだわけじゃない！」と、つぶやいた。

＊

「予測がたりなかった」死体発見の数時間後、ダオ・リン＝ヘイが元気になったゲ・リアング＝プオに向かっていった。「皇帝は、〝レポートは非常に長い〟といった。秘密を暴露してしまったと気づいたとき、真珠を破壊しようとした。それらすべてを踏まえて、その先に起こりうることを予測すべきだった。でも、あのときは真珠とその秘密のことで頭がいっぱいだった」

「自分を責めないでください」

「責めずにはいられない！」ダオ・リン＝ヘイが感情的になる。「わたしがもうすこし注意していれば、皇帝はまだ生きていたかもしれない」

「皇帝は遅かれ早かれ、カラポンの掟にしたがったはずです」と、ゲ・リアング＝プオ。「かれの決心を変えることは不可能だったでしょう。皇帝は驚くほど信念に忠実で、冷徹でした。だからこそ完璧なタイミングで死を選んだのです」

「それはどういう意味だ？」と、ダオ・リン＝ヘイはとまどいながらたずねた。

「まだわかっていないのですか」ゲ・リアング＝プオが皮肉をこめていう。「明らかじゃありませんか。皇帝は真珠のデータ・ファイルの開け方を暴露したから自殺したのではありません。真珠とともに宮殿から連れだされたときに、すでに自殺することを決めていたのです」

「そんな素振りは一度も見せなかった」

「もちろんです。皇帝はバカではありません。あなたが人の考えや感情を読みとる能力があることを知っていたのです。皇帝の自殺願望に気づいていたなら、どうしていましたか？」

「皇帝が自殺しないよう、あらゆる手をつくしたはず」ダオ・リン＝ヘイが質問の意図を理解しないまま答えた。「当然のことだ！」

「それを皇帝はわかっていたのです。つまり、あせって自殺を試みて、あなたに見つかれば、行動の自由を制限されて、もう二度と自殺できなくなることを知っていたのです。そうなれば永久にカルタン人の奴隷として生きるほかありません。からだを動かさずに、精神の力だけで自殺することは不可能ですから。ちなみに、あなたならそれができるのですか？」

ゲ・リアング＝プオがそんな質問をしたのは、彼女がテレパシーで聞いていた会話のなかで、ダオ・リンが、そうソイ・パングに主張したからだ。したがって、その質問はダオ・リン＝ヘイにとって予想外のものではなかったが、それには答えたくないと思う。ゲ・リアング＝プオはそれ以上、訊こうとはしなかった。

「ソイ・パングに話をもどしましょう」と、いって話をつづけた。「ハイパー無線インパルスの件以来、皇帝はあなただけでなく、わたしをも警戒しなければならないことに気づきました。そんなときに、わたしが脱力状態におちいったのを見たのです。いっぽう、あなたはモトの真珠に心を奪われ、レポートを読むことだけに意識を集中していた。だから皇帝は、しばらくは、だれからも考えや感情を読みとられないだろうと考えたわけです」

「その判断は正しかった」ダオ・リン＝ヘイがショックを隠せないようすでいう。「そして、皇帝はキャビンでひとりきりになるとすぐに自殺をはかった。わたしがもっと注意していたら防げたはず」

「いいえ」ゲ・リアング＝プオが落ちついた口調でいう。「死期を延ばすことはできたでしょうが、自殺自体を防ぐことはできなかったでしょう」

「防げたかもしれない」

「それは幻想です」ゲ・リアング＝プオが断言する。「カルタンに連れていっていたなら、かれらが皇帝になにをしたと思いますか？　もちろん、皇帝からもう情報を聞きだせないことは残念ですが」

「そうだな」ダオ・リン＝ヘイがささやく。

「でも、皇帝にとって」ゲ・リアング＝プオが冷静な口調でいう。「これ以上いい解決策はなかったと思います」

それを聞いて、すぐにダオ・リン＝ヘイは立ちあがった。

それから一時間後、ソイ・パングの遺体は銀河の狭間《はざま》に解きはなたれた。

葬儀は簡単にしかおこなわれなかった。数人の乗員が皇帝の死体はカルタンに運ぶべきだと主張し、ダオ・リン＝ヘイのやり方に激しく反対したからだ。しかし、彼女は断固として自分の意志を押しとおした。

宇宙空間なら、皇帝のやすらかな眠りをじゃまする者はいない。ダオ・リン＝ヘイにとっては、それがもっとも大事なことだった。

6

エルンスト・エラートのルナ訪問レポートのあとにつづいたのは、ダオ・リン＝ヘイがすでに見たことがあるレポートで、皇帝ソイ・パングが見せてくれたものと同じだった。

それは《バジス》の分解についてのレポートだった。そこには《バジス》に到着したアンソン・アーガイリスからネーサンの命令を受けとったポジトロニクスのハミラー・チューブが、ただちに《バジス》の分散化に着手したことが記録されていた。ハミラーはそのさい、なんの抵抗も示さなかった。

ダオ・リン＝ヘイはそのレポートを見てすぐに、怪しげな点がいくつもあることに気づいた。

たとえば、アンソン・アーガイリスが泥棒のように《バジス》に忍びこんだという点。ヴァリオ・ロボットがそんなことをしたとは考えられない。《バジス》の乗員がロボットの侵入に気づかなかったなどということもありえない。というのも事件当時、巨大宇宙船はハンガイ銀河の手前の虚空空間にあったからだ。そこで接近してくる宇宙船を見逃すことは事実上不可能だ。ヴァリオ＝５００は好奇の目にさらされながら到着したにちがいない。

けれどもレポートのなかで、アンソン・アーガイリスは、だれにも見つかることなく《バジス》の長い通廊をひたすら歩くのだ。ハミラーと対面したときでさえ、そこにはだれもいなかった。

また、ハミラーの反応も非常に不可解だった。癖の強いことで知られる船載ポジトロニクスはあっけなくネーサンの命令を受けいれた。それだけでなく、アンソン・アーガイリスのことを〝あなた〟ではなく、〝きみ〟と呼んだ。それは通常ではありえないことだ。

レポートを二度見た上に、それまでのいきさつまで知っているダオ・リン＝ヘイはすぐに、すべての矛盾に共通する点を見つける。

それは事実にもとづいた、正しい報告でも、記録でもないという点だ。エラートはそれらの出来ごとを体験したわけでも、目撃したわけでもない。実は〝想像した〟だけなのだ。

エラートはネーサンがアンソン・アーガイリスに出した命令の内容を聞いた。それ以来、《バジス》の分散化について考えるようになり、未来の出来ごとを推測し、視覚化しようとしたにちがいない。つまり、未来を予言しようとしたのだ。

これまでに見たエラートのレポートもダオ・リン＝ヘイにとって非常に興味深かったが、次に見たレポートは驚愕に値《あた》いするものだった。

なぜなら、カルタン人についての報告だったからだ。

＊

〝テラと人類は危機に瀕しています。テラナーを守り、援助を得るために最善をつくさなくてはなりません〟

テラの衛星ルナを去ったあとも、エルンスト・エラートの頭からネーサンの言葉が離れない。

〝援助を得る〟

旅のあいだも、そのことばかり考えていた。

今回のレポートでも、エラートは旅のしかたや移動手段を明らかにしていない。

レポートは、テラナーを援助できる者についての、かれの考察からはじまる。それを見ると、エラートは旅の経験が非常に豊富であることがわかる。ダオ・リン＝ヘイが聞いたこともないような種族を知っていた。何百もの未知の種族の映像が出てきた。

エラートが旅自体について語る必要がないと考えたのも無理はない。旅はかれにとって生きることそのものだったからだ。

未知の種族の姿が次々と画面に映しだされる。エラートは沈黙している。

そのとき、ダオ・リン＝ヘイは見た。ほんの一瞬だけだが、画面にカルタン人があらわれた。アルドゥスタアル銀河出身のカルタン人だ。一瞥しただけでダオ・リン＝ヘイにはそれがわかった。というのも、画面に映しだされたのが頭部と額に自然な暖色の縞《しま》模様がついたカルタン人女性だったからだ。ハンガイ銀河出身のカルタン人は、美しくなるために、その縞模様を奇抜な色に染める。ダオ・リン＝ヘイにはそれが理解できなかった。

エラートの思考速度がややさがる。疲労のあらわれだろうか？

いったい、どうやってかれは映像を生みだしているのだろうか？　いや、そんなことはどうでもいい。多種多様な種族をこれほどまで明瞭に思いだすだけでも疲れるにちがいない。

そのとき、カルタン人の映像がふたたびあらわれた。

「カルタン人！」エラートがなにかを思いだしたようにつぶやいた。「かれらはどうだろうか？」

そこでモニターが暗転した。ふたたび明るくなると、ダオ・リン＝ヘイの目に巨大なテントのような建物が飛びこんできた。それは、カルタンのかつての高位女性たちが会議をおこない、決定事項を発表していた場所だった。

「あなたがたはかれらに借りがあるのです」ホールの中央で、背もたれの高い豪華な椅子にすわっているエルンスト・エラートが、眉をひそめて訪問者を見おろす高位女性たちに向かっていった。「助けてもらったのなら、いまこそ、その恩を返すべきです」

「でもどういう方法で?」

*

ダオ・リン＝ヘイは高位女性たちの顔を確認しようとするが、影に隠れて見えない。たとえ見えたとしても、彼女たちがダオ・リン＝ヘイの時代に高位女性であった可能性はないため、だれかはわからないだろう。その時代よりもかなりあとの出来ごとなのだ。それは巨大カタストロフィ後、ハウリ人による侵略と毒呼吸体マーカルとのあらたな戦いのあとに起こった。なぜダオ・リン＝ヘイがそれを知っているのかというと、《ナルガ・サント》で発見された記録のなかにその報告があったからだ。

それは非常に短い報告で、断片的な情報をまとめたものにすぎなかったが、その出来ごとが〝起こった〟という事実だけは明らかにされていた。なぜ高位女性たちは、よりによって《ナルガ・サント》を遠征船に選んだのか。ダオ・リン＝ヘイは以前からその理由がほとんど知られていないことを不思議に思っていた。

　そしていま、だれがそのきっかけをつくったのかが明らかになる。とはいえ、それはあくまで〝きっかけ〟であり、理由ではなかった。

「この惑星を周回している巨大宇宙船を援助に向かわせるべきです」エルンスト・エラートが提案した。

「《ナルガ・サント》を？」高位女性のひとりが驚いてたずねた。

「ありえない！」もうひとりが叫んだ。「そんなことは論外だ！」

「あらわれただけで、インパクトをあたえられる船です」エラートが説明する。「あの船は、わたしが見たなかでもっとも威圧的でパワフルで巨大な宇宙船です。これまで、さまざまな宙域を旅し、多くの船を見てきましたが《ナルガ・サント》ほどすばらしい船を見たことがありません！」

　そうだ。アルドゥスタアル銀河の精神によって、そうなったのだ！　と、ダオ・リン＝ヘイは思う。

「しかし、《ナルガ・サント》はわれわれの貴重な過去の遺産のひとつだ！」別の高位女性が反論した。

　そのとき豪華な椅子から、痩《や》せた高齢の高位女性が立ちあがった。その年齢にしては威厳があり、物腰は柔らかだ。光のなかに足を踏みいれる。ダオ・リン＝ヘイは老女が着ているシンプルな黒いローブの袖に自分の一族の家紋がついていることに気づいた。

ダオ・リン＝ヘイはそれを誇らしく感じるが、残念にも思う。かつてカルタンで絶大な影響力を誇っていたヘイ家が、いまではその影響力を失ってしまっていたからだ。

それはなぜか？　いったいなにがあったのか？

とはいえ、このレポートがそれを明らかにすることはないだろう、とダオ・リン＝ヘイは思う。それが大きなあやまちであることに、この時点では気づいていなかった。

「みな、よく聞いてほしい」ヘイ家の高位女性が話しはじめた。「《ナルガ・サント》が過去の栄光の証《あか》しであることは事実だが、それ以外にいったいなんの役割があるのか？　ここで明らかにしておきたい。あの船は、一種族があらんかぎりの労力と費用をかけてつくりあげた博物館だ。だれもが、その過去の遺産を修復し、維持するために奔走している。そこでは大勢の研究者が這いつくばって、ありえないほど小さな過去の栄光の痕跡を探しまわっている。まるで、そのほんの一部でも失われたら、われわれの種族が野蛮人に転落してしまうかのように」

高位女性たちがざわつく。ダオ・リン＝ヘイは反対と賛成の両方の声に耳をかたむけ、ヘイ家の者としての誇りが吹き飛ばされた。深い懸念がほかの感情のすべてを消しさった。

「われわれは偉大なる《ナルガ・サント》から、いったいなにを得たというのか？」ヘイ家の高位女性がつづける。「あの巨船がわれわれになにをもたらしたというのか？

なにもない！　あの船はわれわれを浪費させ、問題しかもたらさない。だから、わたしはこの異人の意見が正しいと思う。《ナルガ・サント》を遠征に出し、カルタン人の名誉を挽回しようではないか。この惑星には必要以上に多くの義勇兵がいる。かれらはみな《ナルガ・サント》で働くことを熱望している。いまこそ、かれらの願いをかなえてやるべきだ。かれらに任務をあたえるのだ！　われわれが力ずくでそれを阻止しようとすれば、多くの民を敵にまわすことになるだろう」

高位女性たちがふたたびざわつくが、賛成の声のほうが多い。

「義勇兵たちに《ナルガ・サント》を復活させる機会をあたえよう」ヘイ家の高位女性がふたたび口を開く。ダオ・リン＝ヘイはその老女が自分の家族だとは思いたくなかった。「資材を提供するだけなら、それほど費用はかからない。高価な資材である必要はない。船内は住めるようにだけ整えればいい。巨船には充分なスペースがある。そこで義勇兵たちは生活をし、仕事をするのだ。テラナーには助けが必要だ。義勇兵たちは喜んでかれらを助けるためにサヤアロンに飛行するだろう」

「しかし、そのためには経験豊富な戦闘家と戦略家が必要です」別の高位女性が指摘する。

「《ナルガ・サント》で飛行するなら、それは必要ない。船載ポジトロニクスのスコ＝タ＝ミングは自己防衛の方法を熟知している。助言はほとんど必要ない。心配なら、ロボットと宇宙船も搭載させればいい。ちょうど、ロボット部隊をもうすこし統制したいと思っていたところだ。とはいえ異人が話したように、巨船《ナルガ・サント》は、それ自体に充分な威力が備わっている」

高位女性たちは賛同する。ダオ・リン＝ヘイは自分の先祖がそんな発言をするのを聞いて、恥ずかしくなる。

エルンスト・エラートはなにもいわない。高位女性たちの動機には関心がないようだ。かれにとっては《ナルガ・サント》がこの条件下で責務を果たし、望みを実現させることのほうが重要なのだろう。

エラートの沈黙は猜疑《さいぎ》心のあらわれのようにも思えた。

＊

「カルタンの高位女性たちに感謝する」エルンスト・エラートは次の場面に移るといった。「カルタン人は、どんなこともそつなくこなしてくれる」

ダオ・リン＝ヘイはその意見に賛同できない。少なくとも、彼女なら別のいい方をしただろう。

あの審議のあと、カルタンとその主要な植民地で、本格的な広告キャンペーンがおこなわれた。冒険と遠征の魅力、勇敢な研究者や開拓者にあたえられる勲章、テラナーへの恩返しといったことが、公けの場で大々的にアピールされた。キャンペーンのすべてが、ある特殊なタイプのカルタン人を《ナルガ・サント》に誘いこむために計画されたものだということを、ダオ・リン＝ヘイは知っていた。

そのタイプのカルタン人とは、いまにも壊れそうなカプセルに乗りこみ、炎の噴流に乗ってカルタンの空に駆けのぼったような者のことだ。かれはカプセルがどういう条件下で、どれほど破壊されて、ふたたび地上にもどってくるのかもわからない状態でそれに挑んだのだ。あるいは、ろ座銀河つまりパラ露の源への道を探しもとめて、ついに発見したような者のことだ。あるいは、その利用法を求めてプシコゴンを実験するという危険な冒険に乗りだした者のこと。そしてまた、あらたな植民地ラオ＝シンをつくるために、異銀河に向けて二年にもわたる長期遠征を敢行した者のことだ。

あるいは、想像力と行動力を持ちあわせ、知識欲旺盛で、危険を顧みずに遠征を決行し、バーナッシュのクリスタルの岩礁を見つけた者たちのことだ。遠征に参加しなかった小心者たちが、ポジトロニクスに急いで駆けつけて、宝石としての岩礁の価値を計算するなか、かれらはただ高揚感に浸っていた。

ダオ・リン＝ヘイは怒りを覚えながら、なすすべもなくモニターを見つめる。《ナルガ・サント》に乗船する何十万人ものカルタン人が映しだされる。乗員は理想主義者、夢想家、冒険家のなかから選ばれたエリートたちだ。

みなだまされていることを知らない。遠征の意義を信じ、真剣に任務にとりくもうとしている。

高位女性たちにとって、かれらは安価な労働力だが、反逆者でもあった。国家が無数の植民地を解体し、それらから撤退しようとしている最中に、遠方の宙域に関心を持ち、不安感を他人に植えつける者は目ざわりでしかない。とはいえ、かれらはそんな高位女性たちの思いに気づいていなかった。

エラートも《ナルガ・サント》に乗船する。その手にはモトの真珠が握られていた。

7

エルンスト・エラートは《ナルガ・サント》が惑星カルタンの軌道を離れるのに費《つい》やした時間については言及しない。次のレポートは、ある映像からはじまった。それを見たダオ・リン＝ヘイは一瞬とまどった。

作業テーブルの上で浮遊するモトの真珠が、見たことのある機器に囲まれている。それらは送信機と受信機で、その設定はダオ・リン＝ヘイがしたものと似ていた。送信機は作動しているが、受信機に接続されたモニターの画面は暗い。別のモニターには、無数の数列が映しだされ、それらが絶え間なく変化している。エラートがあらたなデータにアクセスしようとしているのだ。

そのとき、真珠が反応した。受信機のモニターに、一、二秒のあいだダオ・リン＝ヘイの知らないシンボルが表示される。つづけて、ひとりのカルタン人のシルエットがあらわれる。エラートの姿は見えない。

画面が一瞬暗くなったあとに、別の画像があらわれる。スコ＝タ＝ミングのコントロール・ルームのひとつが見えた。

ダオ・リン＝ヘイは息をのむ。そのコントロール・ルームに置かれた巨大スクリーンに、ポイント・シラグサの宇宙ステーションが映しだされていたからだ。しかし、ステーションはまだ破壊されていない。小型宇宙船がそのまわりを旋回している。別の小型スクリーンに、ひとりの男性テラナーの顔が映しだされる。エラートと複数のカルタン人がそれを見ている。予想外の出来ごとが起こり、ショックを受けて動揺しているようだ。

テラナーが口を開いた。

「銀河系に飛行予定のすべての異種族に即時撤退を勧告する。いますぐ引きかえすのだ！　われわれはあなたがたの助けを望んでもいなければ、必要ともしていない。この勧告にしたがわない者は罰せられる。これは脅しではない。これ以上接近すれば、警告なしに砲撃を開始する」

そこで画面が変わる。テラナーの姿はもう見えない。かれに代わって、ブルー族の男が語気をより強めて同じ勧告をくりかえす。次に、ハンガイ銀河からきたと明らかにわかる宇宙船が映しだされる。逃避行中のカルタンのトリマラン船だ。そのうちの一隻は爆破され、別の一隻は攻撃されて縦に亀裂が入る。その背後に、大量の兵器を搭載した巨大宇宙要塞があらわれた。

「近づくな!」インターコスモで警告が発せられる。「銀河系に近づくな」

ダオ・リン＝ヘイは、自分が見させられているものが《ナルガ・サント》が無差別に受信した無線信号の集まりであることに気づく。

「信じられない!」エラートが叫んだ。

「ほかにも同じような内容の報告や警告が届いています」カルタン人女性のひとりが説明する。

「報告を見るかぎり、状況はそれほど悪くないと思われます」三つめのスクリーンに映しだされたアルコン人の女性科学者がいった。研究ステーションのひとつから話しているようだ。「とはいえ、警告は真剣に受けとめるべきです。銀河系への飛行は〝断念〟してください」

「だが、われわれはテラナーを援助するために、ここまできたんだ!」エラートは声を荒らげた。

「援助を拒む者を助けることはできません」科学者が断言する。「それでは失礼します。もうすぐ、このステーションを去ります。本当は、あなたがたと話すことも禁止されているのです」

「だれが禁止したんだ?」エラートが驚いて訊いた。

「あなたに、それをいうつもりはありません」科学者がそっけなく答えた。

「いったい、どこへ逃げるんだ？」彼女が背を向けようとしているのを見て、エラートが大声でたずねた。

「あなたには関係のないことです」冷たい答えが返ってくるやいなや接続は切られた。

「理解できない」幻滅し、無言で立ちすくむカルタン人女性たちを見ながら、エラートは弱気な声をあげた。しだいに、そのうちの何人かが怒りだす。当然の反応だ。

「しかたがない」中年のカルタン人女性が吐きすてるようにいった。

「引きかえすしかない」別の女性がいう。「援助を拒むということは、自分たちだけで問題を解決できるということでしょう」

「カルタンにもどるの？　ようやく《ナルガ・サント》が昔の姿をとりもどしたというのに。それは絶対にいやよ！」

そう発言した女性は勢いよく一歩前に出ると、全員の顔をにらみつけた。

「いま、引きかえしたら、われわれはもうおしまいよ。気づいていないの？　高位女性たちは、われわれを追いだすために《ナルガ・サント》に乗船させたのよ。わたしはヴァジニールからきた。ヴァジニールがどこだかわかる？　カルタンから遠く離れた小さな植民地よ。かれらが住民になにをしたか知ってる？　植民地を解体したの！　突然、カルタンの軍艦がやってきて全員連行された。故郷を離れたくはなかった。でも強制的に連れていかれたのよ！」

沈黙がしばらくつづく。

「あれは予防措置だったのよ」だれかがなだめるように説明する。「ニオ・メイ＝ギル、信じて。かれらはあなたたちを傷つけるためにやったんじゃない」

「ドウ・イム＝ハン、かれらの肩をもつの？」ニオ・メイ＝ギルがすぐに振りかえっていう。「あなただって充分に苦しめられたでしょ？　あの計画はどうなったの？　教えてあげましょうか？　計画は却下されたのよ。だから、メッセージを送信しても返事がこないのよ」

ドウ・イム＝ハンは黙っている。

「いまこそ、かれらに見せつけてやるのよ。《ナルガ・サント》が博物館ではないことを。すべてのカルタン人が安全だけを求めているわけではないことを！」ニオ・メイ＝ギルが叫んだ。「われわれは任務をあたえられた。それらなら、任務を果たすまでよ」

「でも、ギャラクティカーが援助を拒んでいるのに、どうやって任務を果たせるの？」別のカルタン女性があきれた声でたずねた。

「別の道をいくのよ！」ニオ・メイ＝ギルが自信たっぷりにいう。

「別の道だって？」エラートが困惑しながらたずねた。

「それは、どの道？」ドウ・イム＝ハンが訊いた。

「あのなかに入るの」ニオ・メイ＝ギルは答えると、スクリーンのひとつを指さした。

ふたりはそれを見て、ショックと驚きのあまり沈黙する。探知システムのスクリーンに映しだされていたのは、カルタンの宙航士がもっとも恐れている宇宙現象、ブラックホールという名の恐るべき重力の渦だった。

「あそこに、われわれがいくべき道がある」ニオ・メイ＝ギルは沈黙をやぶっていうと、エラートを指さした。「見てしまったの。必要なデータはあのなかにあった。あの渦の背後にサヤアロンに至る道があるのよ」

カルタン人たちから見つめられると、エラートは肩をすくめて困った顔を見せた。

「なんのことだか、さっぱりわからない」と、答えた。

けれども、ニオ・メイ＝ギルは引きさがらない。

「ついてきて！」と、全員に向けていった。「それなら、見せてあげるわ」

そして、カルタン人たちをエラートのキャビンへ連れていくと、モトの真珠を見せた。

「アミモツオ？」エラートが驚いてたずねた。「アミモツオがブラックホールをとおりぬける道を知っているというのか？」

「わたしは見たの。だから、あなたたちにも見せてあげるわ」ニオ・メイ＝ギルが強くいう。

そして、モトの真珠に向かって歩きだす。しかし、突然、振りかえってエラートを指さした。

「この男をここから出して。この物体を支配する力を持っているからよ。上へ連れていって、作業が終わるまで拘束して」

「やめろ!」エラートが怒って叫んだ。

ふたりのカルタン人に肩をつかまれる。抵抗しようとすると、鋭い爪で脅された。黙ってしたがうほかなかった。

＊

カルタン人たちはエルンスト・エラートを独房から出すと、ニオ・メイ＝ギルが待つコントロール・ルームに連れていった。

「アミモツオはわれわれが管理する」ニオ・メイ＝ギルがエラートにいった。

「どうやってデータ・ファイルを開けたんだ?」エラートがたずねる。「どうやって情報を手にいれた?」

「あなたは、その方法を知っているのよね?」

「知らない」

「あら、そう。われわれにはこの物体が必要なの。あなたが望むなら、《ナルガ・サント》を去る許可をあたえてあげる」

「去りたくないといったら?」

ニオ・メイ＝ギルは眉をひそめてエラートを見つめた。

「この物体はわれわれにとって非常に重要なもの」そして、脅すようにいった。「近づかないで」

並んでいるスクリーンのひとつが点滅している。エラートがそれに気づいて画面を指さした。

「あそこで、なにが起こっているんだ？」と、不安げにたずねた。

「ギャラクティカーが」ニオ・メイ＝ギルが面倒くさそうに説明する。「研究ステーションを去ろうとしているのよ」

「逃げるのか？　でも、いったいどこへ？」

「そんなこと、わたしに訊かないで」

「なら、かれらに訊けばいい」

「もう訊いたわ」ニオ・メイ＝ギルが怒っていう。「でも、返事はない。もう何時間も。ステーションを去って爆破するつもりよ。信じられない」

「そうせざるをえない事情があるにちがいない」エラートが説得するようにいう。「こちらから援助を申しでれば、返事がくるかもしれない」

「テラナーは援助を拒んだ。われわれの助けがなくても窮地を乗りこえられるはずよ」

またスクリーンに閃光がはしり、宇宙ステーションのひとつが映しだされた。その外壁は破壊されていた。

「わたしがテラナーと話す！」エラートが強く主張する。

「そんなことをしてもむだよ」ニオ・メイ＝ギルが断言する。「さあ、この船を去るかどうか決めてちょうだい」

「もうすこし考える時間をくれないか」エラートが腹立たし気に答えた。

「悪いけど、急いでいるの」

「本当に、ブラックホールに飛びこむつもりか？」

「飛びこむだけでなく、とおりぬけるつもりよ。ブラック・スターロードのひとつに飛行し、それをとおってサヤアロンに進入する」

「無茶だ！　絶対に無理だ！」

「なにも知らないあなたに、どうしてそんなことがいえるの？」

エラートは彼女の話を聞いていない。巨大スクリーンをただ見つめている。表示されている数値とグラフが、《ナルガ・サント》が速度を上げていることを示している。ブラックホールに向かっているのだ。

「やめるんだ！」エラートは叫んで、ニオ・メイ＝ギルに歩みより、彼女の肩をつかんで揺さぶろうとする。しかし、殴られて制御盤に追突し、頭を強く打って床に倒れた。

ニオ・メイ＝ギルがふたたびギャラクティカーにメッセージを送ろうとする。エラートはそれを見て耳を傾ける。

「われわれはブラックホールに進入し、サヤアロンに至る道を見つけるつもりだ」

するとと雑音と声が聞こえてきた。その声は不気味な雑音をかき消すほどよく響く。なにをいっているのかはわからないが、ひとことだけはっきりと聞こえた。

〝イルがともにあるように！〟

それが最後の言葉だった。ギャラクティカーとの通信は途絶えた。《ナルガ・サント》はさらに速度を上げてステーションから離れていく。

コントロール・ルームにいるカルタン人たちは自分の任務と計算に没頭している。テラナーのことなどどうでもいいようだ。エラートはニオ・メイ＝ギルが背を向けたタイミングで、勢いよくキャビンの外に出た。

しばらくモニターの画面が暗くなる。ふたたび画像があらわれると、小汚いキャビンにいるエラートの姿が見えた。長時間、そこに隠れていたようだ。もしかすると何週間、いや、何カ月もそこにいたのかもしれない。散らかっているゴミを見れば、どれくらいの時間が経ったかは推測できる。激しくハッチを叩く音が聞こえて、エラートはキャビンの裏口から逃げだした。

ニオ・メイ＝ギルの声がスコ＝タ＝ミングの飾り気のない通廊に響きわたる。自分のキャビンにすぐにもどるか、警備兵に投降せよとエラートに向けて叫んでいる。エラートは方向転換して別の階に逃げる。監視の目をすり抜けて通廊を走る。そのとき、恐ろしげな轟音《ごうおん》が《ナルガ・サント》全体に響きわたり、それは徐々に大きくなっていった。

エラートはスコ＝タ＝ミングの最下層にたどりつく。そこに隣接する居住エリアで立ちどまると、角のひとつを用心深くのぞきこんだ。

武装したカルタン人が自分のキャビンのハッチの前に立って警戒し、四方を見まわしている。

そのとき、さっきまで聞こえていた轟音が《ナルガ・サント》全体を揺るがすような爆音に変わった。壁がきしんで、ひびが入る。ときどき、破裂音も聞こえてくる。切断された巨大なスチールワイヤーに打ちつけられたかのような衝撃がはしる。エラートだけでなく、通廊にいた警備兵までもが床に投げだされた。

悲鳴が響きわたる。爆音や轟音が乗員の耳をつんざく。キャビンから飛びだしてきたカルタン人のなかには、耳を押さえながらよろめき倒れて気絶する者さえいた。

エラートはチャンスとばかりに通廊に飛びだす。

キャビンの前には警備兵がまだふたり立っている。そのとき、床が激しく揺れてエラートもよろめいた。揺れがおさまると、警備兵はもうひとりしか見えない。その兵士を殴ってハッチを開けた。

自分のキャビンに入ると、そこは真っ暗だった。

*

警報サイレンが暗闇に響きわたり、しばらくすると鳴りやんだ。エルンスト・エラートが目を開けて作業テーブルの上のモトの真珠を見る。光り輝く真珠に、細いがはっきりとわかる縦長の亀裂が入っていた。

「まさか！」エラートがつぶやく。「信じられない！」

エラートは慎重にアミモツオを手にとり、両手で包みこむ。まるで、そうすることで亀裂が修復されるかのように。

そのとき、背後で物音がした。エラートが振りかえると、壁に大きな穴が開いている。その穴のうしろで二名のカルタン人が武器をかまえていた。

「真珠をテーブルの上にもどせ！」カルタン人が命じた。

「真珠はわたしのものだ！」エラートが叫んだ。

「真珠はもう、われわれのものだ」カルタン人は冷静に答えると発砲した。

エラートの左腕がさがり、手が開く。腕の筋肉が麻痺したのだ。割れたモトの真珠の片割れが音を立てて床に落ちた。

カルタン人は驚愕し、無言で真珠の片割れを見つめる。それは丸みを帯びた部分を下にして、床の上でシーソーのように揺れていた。

再度、轟音が鳴りひびく。キャビンの奥の壁に割れ目ができた。空気が抜けるような音がして、保安ハッチが急速に閉じられる。カルタン人ふたりはエラートから目をそらした。

その隙に、エラートは右手でもういっぽうの片割れをできるだけ強く握りしめると壁の割れ目をとおって、そのうしろにあった保守点検用ダクトのなかに飛びこんだ。

ダクト内は狭く、部分的に破壊されている。エラートが二、三歩足を踏みだしたその瞬間、背後で保安ハッチがおりた。カルタン人の姿はもう見えない。

肩からぶらさがっているだけの左腕がじゃまで、エラートはうまく歩くことができない。そこで、モトの真珠の片割れをコンビネーションの右ポケットにしまうと、しばらくは動かせない左腕を左ポケットに入れた。

巨大宇宙船《ナルガ・サント》にできた亀裂は巨大にちがいない。しかし、亀裂は比較的ゆっくりと拡大しているようだ。保安ハッチが閉じる音が聞こえるたびに、エラートは歩くスピードを上げた。

壁の割れ目のひとつをとおって、別の通廊に出る。慌てふためくカルタン人がエラートに気づかずにとおりすぎていく。船内のさまざまなエリアで火災が発生していた。巨大な壁の割れ目から煙が立ちのぼっている。小さな毛むくじゃらの生物が壊れた檻《おり》から逃げだしてきた。瓦礫のなかには、複数のカルタン人の死体が転がっている。

エラートは上階に向かった。スコ＝タ＝ミングにもどろうとする。けれども、そこへ至る通廊は閉ざされていた。どのルートをとっても通廊は封鎖されている。結局、あきらめて、スコ＝タ＝ミングにはつながっていない通廊に入った。

ほとんどだれも住んでないエリアにたどりつくと、格納庫で破壊をまぬがれた小型宇宙船を発見する。それはひとりでも簡単に操縦できる小型船だった。

エラートは格納庫のコントロール・ルームに入ると、《ナルガ・サント》でなにが起こったのかをポジトロニクスにたずねた。しかし、スコ＝タ＝ミングとの接続が切られているせいで応答がない。

ひとつのスクリーンだけが船の外殻の観測ユニットがとらえた映像を映しだしている。とはいえ、観測ユニットは五十パーセントしか機能していない。画像が不鮮明で、ひと目で状況を把握するのはむずかしい。しかし、しばらく待つと画質がよくなった。いくつかの制御システムはまだ機能しているらしい。

エラートは、ブラックホールに非常に接近していた《ナルガ・サント》が、いまはそこから驚くほど遠く離れてしまったことを知る。巨大宇宙船はゆっくりと回転しながら宇宙空間を浮遊していた。

エラートがどれほどの期間、格納庫にいたのかはわからない。急速に変化する画像を見ると、数日が経過したことがわかる。船内データが集められ、徐々にカタストロフィの規模が明らかになっていった。

《ナルガ・サント》はもはや原型をとどめていない。巨大宇宙船は破壊されたのだ。船の五分の四とともに、スコ＝タ＝ミングとデータ貯蔵バンクの棒ノクターンも消滅した。残りの五分の一、つまり船首部分は、カタストロフィが起こった瞬間に加速インパルスによってブラックホールから引きはなされて難をのがれた。しかし、操縦者と駆動装置を失ったいまは、宇宙空間を浮遊しているだけだ。

最終的には、瓦礫のなかから数千名の死者が発見された。ナックの居住空間であった船首部分は、住民が非常に少ない船内エリアのひとつだった。消滅したエリアとその住民がどうなったかは長年わからなかった。けれどもあるとき、何者かが当時の記録を発見し、消えた《ナルガ・サント》とそのなかのすべてがブラックホールに吸いこまれたことが判明した。

生きのこった乗員たちは、可能なかぎり死者を弔《とむら》い、被害を修復した。ブラックホールに吸いこまれる心配はもうない。とはいえ、そこから先には進めない状態だった。モトの真珠について語るものはいなかった。カタストロフィを引きおこした頑固で傲慢なカルタン人の名を口にする者もいなかった。《ナルガ・サント》での遠征を提案したテラナーは主犯であり、死亡したものと見なされた。つまり、乗員たちの頭のなかでは処刑されたも同然なのだ。エラートが生きのこった乗員とコンタクトをとろうとしなかった理由はここにある。

いっぽう、エラートも、モトの真珠の片割れをとりもどそうとはしなかった。おそらく、消滅したと考えたのだろう。もしくは、カタストロフィの最中に破壊されたか、怒ったカルタン人によって持ちさられ、永久に封印されたと思ったのだろう。

最後の場面では、エラートが小型宇宙船に乗り、アミモッオの片割れを持ちさるようすが映しだされる。そこでレポートは終わった。

＊

ダオ・リン＝ヘイはすでに《ナルガ・サント》の残骸のなかから発見された記録を見ていたので、その後の歴史を断片的に知っていた。

生きのこった乗員、つまり難船者たちは、破壊部を修繕して危機をうまく乗りこえたといっていいだろう。その子孫は数百年も生きのびたのだから。

とはいえ、かれらはある一点においてだけはカルタンの伝統にしたがった。その一点とは歴史との向きあい方だった。

かれらは歴史の大部分を文字どおり黙殺した。そのやり方が、いまではカルタンの長い伝統として定着している。かれらがかたくなに歴史を黙殺しつづけたせいで、次世代が歴史の真実をほとんど知らず、その自覚さえもないという状況が生みだされた。

ギャラクティカーから受信した最後の無線メッセージだけが、難船者たちの心に残り、ひとり歩きすることになった。

〝イルがともにあるように！〟

こうして、イルは難船者たちが巨大宇宙船の一部とともにブラックホールに飲みこまれることを防いだ慈悲深い神として祀りあげられるようになった。

〝イルがともにあるように〟この言葉には人々を暗示にかける力がある。だとするなら、ブラックホールに消えた《ナルガ・サント》のエリアにいた乗員たちも、すべての母イルを最後まで信じていたのだろうかと、ダオ・リン＝ヘイはふと思った。

あとになって考えると、ブラックホールへの進入のリスクを予測して〝いなかった〟者はいないことがわかる。だからこそ、浮遊する船の残骸には、徹頭徹尾ブラックホールへの飛行に〝反対していた〟カルタン人しか乗っていなかったのだ。生きのびたかれらは自分たちがイルの寵児《ちょうじ》であると本気で考えるようになった。

それだけでなく、この哀れな難船者たちは自分たちの指導者を〝イル〟と呼ぶようになる。

〝イルに仕える者は人命に仕える者。よってイルを拒否する者は弾圧され、追放される〟というあらたな法律までつくられた。

そうして追放された者たちは、劣悪な環境下にある難波船の末端部、つまり〝冬景

"色" の領域と、極寒の "死のゾーン" に逃げこむことでのみ、なんとか死を回避することができた。

レポートでは、出来ごとの別の側面、つまり、エラートのその後については語られていない。かれの話は小型宇宙船で脱出した時点で終わっている。エラートがどこに飛行したのか、カラポン人がどうやってモトの真珠の片割れを手にいれたのか、そして最終的にエラートがどうなったのかはわからない。真相は文字どおり闇に葬りさられた。

どうやってエラートがこの驚くべきデータ貯蔵バンクを手にいれ、そこに独自のデータを保存したのか？ なぜ、そんなことが可能だったのか？ どういう方法でニオ・メイ＝ギルは《ナルガ・サント》を破滅へと導いたデータを入手したのか？ それらの答えを知る者はいない。

とはいえ、ひとつだけダオ・リン＝ヘイが確信していることがあった。それは〝モトの真珠〟と〝ミモトの宝石〟は同じものではないということだ。けれども、両者は性質も、名前も似ている。その名前が〝アミモツオ〟からきていることは明らかだ。よってその起源は同じであるにちがいない。

いったい何個のアミモツオが存在するのだろうか？ アミモツオがデータ貯蔵バンクであるなら、いったいだれがデータを保存したのか？ アムリンガルの時の石板が破壊されて消失したとされているデータも、そこに保存されているのか？ だれでもアミモツオに個人用ファイルを保存できたのか？　できたのなら、それはどういう方法でおこなわれたのか？　ファイルはいくつあるのか？

そこでダオ・リン＝ヘイは、パルスシーケンスのヴァリエーションを可能なかぎり多く試してみる決意をする。運がよければ、真珠に保存されたファイルの一覧を表示させられるかもしれない。

そのためには、多くの時間が必要になるだろう。さらなるデータに簡単にアクセスできるとは思えない。

エルンスト・エラートとモトの真珠は秘密を明かさない。

ダオ・リン＝ヘイは苦々しい思いで現状を受けいれた。

とはいえ、これからしばらくは真珠以外のことに意識を向けなくてはならない。《マーラ・ダオ》での飛行が終わろうとしていた。過去は脇に置いて、ふたたび現実と向きあうときがきたのだ。

8

ベントゥ・カラパウはカラポン帝国軍の基地としての価値を失ってしまったようだ。着陸床は荒廃し、周囲の建物はすべて瓦礫と化している。生存者がいるとすれば、森に隠れているにちがいない。カルタンの船が故郷の瓦礫の上を飛行しているあいだは、決して姿を見せないだろう。

ダオ・リン＝ヘイは冷めた目で破壊現場を見つめていた。

「カラポン人が野蛮人なら」シサ・ヴァートが苦笑しながらいう。「カルタン人はいったい何者なのかしらね？ 居住地と農場まで破壊してしまうなんて」

「これは戦争だよ」ダオ・リン＝ヘイがいう。「戦いに情けは無用。でも、この戦争はカルタン人ではなく、あなたたちの種族がはじめたものだ。われわれは結局、ハンガイ銀河には向かわなかった。カラポン帝国の領土も攻撃しなかった。われわれの考えを住民に押しつけたりもしていない。ベントゥ・カラパウの住民は、カルタン軍に制圧されて、服従する覚悟を決めた。それを忘れないことだ」

「もしかするとあなたがたは、われわれよりも正しいことに気づくのが遅いだけかもしれないわね」カラポン人のシサ・ヴァートが皮肉をこめていった。

そこには言葉どおりの意味以上のものがこめられていた。ダオ・リン＝ヘイはすぐに振りかえると、シサ・ヴァートをにらみつけた。

カラポン人女性はとっさに身をすくめた。

〈怒らないで！　彼女の挑発にのってはいけません！〉

ゲ・リアング＝プオが絶妙のタイミングで警告を送ってきた。そのおかげでダオ・リン＝ヘイは自制心をとりもどすことができた。

「ここで、することはもうなにもない」と、冷静な口調でいう。「カルタンへの飛行をつづけよう」

「ロイ・スクロムとわたしをミルヤナアルで降ろしてくれない？」シサ・ヴァートがたずねた。「それとも、それができないほど急いでいるの？」

「もといた場所に送りかえすのは当然だ」ダオ・リン＝ヘイがいらつきながら答えた。

「その前に、わたしとロイとあなたで話ができないかしら。三人だけで。内密の話があるの」と、シサ・ヴァートが訊いた。

ダオ・リン＝ヘイから数歩離れたところにいたマイ・ティ＝ショウが疑わしげなまなざしを向ける。

「いいだろう」かつての全知女性は吐きすてるようにいった。「なら、いますぐに！」

ダオ・リン＝ヘイが先に進む。ゲ・リアング＝プオが三人のあとにつづいた。

「モトの真珠をどうするつもりなの？」三人だけになると、シサ・ヴァートがたずねた。

「カルタンに持ってかえるつもり？」

「いいや」ダオ・リン＝ヘイは物憂げな表情で答えた。「最初にいったとおりだ。モトの真珠はサヤアロンに持っていくと」

「あなたが考えを変えたかもしれないと思ったんだ」ロイ・スクロムが口をはさむ。

「謎の真珠を手にいれて、完全に我を失っているように見えたから」

「だとしても、わたしの決心は変わらない」

「それを聞いて、安心したわ」シサ・ヴァートが小声でいう。

「それはよかった」ダオ・リン＝ヘイが皮肉をこめて返事する。「わたしは、モトの真珠にそれほどまで価値があることを、まだ確信できていない。カラポン皇帝の勘ちがいということもありうるから」

「皇帝がそんな勘ちがいをするわけないじゃない」

「巨大宇宙船についてのデータに目がくらんだだけかもしれない。だれだって勘ちがいをすることはある。わたしもだ」

ロイ・スクロムが怪訝そうに目を細める。

「それはどういう意味だ？」と、たずねた。

「あなたたちを探しにいったとき」ダオ・リン＝ヘイが怒りをあらわにしていう。「惑星ミルヤナアルの首都テッカドで、信じられないものを見つけた。それはドラアーンの店先に無造作に置かれ、とおりすがりの犯罪者の目に無防備にさらされていた」

「いったい、なんのことをいっているんだ？」ロイ・スクロムが困惑してたずねた。

「とぼけるな！　彼女がいまそのことを考えていた」

ロイ・スクロムが振りかえってシサ・ヴァートを見る。

「頭がおかしくなったのか？」と、彼女をどなりつけた。「なんで、そんなことを……」

「知りたかったからよ！」シサ・ヴァートがどなりかえした。「ヴォイカの力についての数々の噂。それらが本当かどうかを確認したかったのよ。その結果が、これよ。すべてたしかめられたわ。さっき、グホリ＝ソシュの聖遺物について考えていたの。このとおり、ダオ・リン＝ヘイはまだ自制心を失っていない。もちろん、彼女がそれを知ってもなお自制心を保てるとは、わたしも思っていなかったけどね！」

「ダオ・リンはヘイ家の女だぞ！」

「だから、なんだっていうのよ？」と、シサ・ヴァート。「ヘイ家にはもう権力はない。それはこの先も変わらない」

「聖遺物を返せ！」ダオ・リン＝ヘイが命じる。「返したところで、なにも変わらないわ」シサ・ヴァートが断言する。「もう何百年も前に、あなたのグレート・ファミリーは権力を失ったのよ」

「だからといって、聖遺物を奪っていいことにはならない！　聖遺物は異人の目に触れさせてはならない。だれもそれに触れてはならない。もとあった場所から決して移動させてはならないのだ！」

「あのドラアーンの首を絞めてやりたい」ロイ・スクロムがつぶやく。カルタン人であるかれには、ダオ・リン＝ヘイの怒りが理解できた。「あの男には聖遺物を破壊するよう命じたんだ。人目にさらすなんてことは言語道断！　アルドゥスタアルの精神が許さない」

「ドラアーンを信用してはならないことくらい、あなたも知っていたはずだ！」ダオ・リン＝ヘイが叫んだ。

ロイ・スクロムは身を縮こまらせた。

「最初から、まちがいだということはわかっていたんだ」と、疲れた声でつぶやく。

「あんたの話を聞くんじゃなかった。われわれをヘイ家に引きわたすつもりなら、その前に考えてほしい。あんたの命を救ったのはわれわれだということを」

「あなたたちをミルヤナアルに連れていく」しばし、ためらったあと、ダオ・リン＝ヘイが冷ややかな口調でいった。「そしてテッカドへいって聖遺物をとりもどす。そのあとは、好きにすればいい。でも、ここで見たこと、聞いたことはすべて忘れて、だれにも話さないように。わかったか？」

「聖遺物を返すには、ひとつだけ条件があるわ」シサ・ヴァートが反抗的な口調でいった。

「条件だと？」ダオ・リン＝ヘイが怒りをあらわにしていう。「あなたたちに条件を提示する権利などない。殺されないだけましだと思え！　カルタン人に引きわたされればどうなるのか、わかっているのか？」

「聖遺物を盗んだのは金儲けのためではないのよ」シサ・ヴァートが主張する。「冷静に考えれば、あなたにもそれがわかるはず。あの聖遺物は高価なものでも、特に美しいものでもないから」

「おまえに、いったいなにがわかるというのだ」ダオ・リン＝ヘイがどなった。

「ドラアーンの店で売れのこっていたのよ」と、シサ・ヴァート。「なぜだかわかる？あんな骨くずを欲しがる人などいないからよ」

「聖遺物には、はかりしれないほどの価値がある！」

「モトの真珠よりも？」そうたずねたシサ・ヴァートの目が妖しく輝いた。

ダオ・リン＝ヘイは黙っている。

「グホリ＝ソシュの聖遺物は、ヘイ家、プオ家、キョン家の三つのグレート・ファミリーにとってしか価値がないの」シサ・ヴァートが穏やかな口調でいった。

「そんなことはいわれなくてもわかっている」ダオ・リン＝ヘイがいらだちをあらわにする。

「そして」シサ・ヴァートはつづける。「その三つのグレート・ファミリーに、もはや影響力はないわ。聖遺物があることすら忘れさられてしまった。それでも、あなたの存在だけは、いまでも忘れられずに、ことあるごとに話題にされているのよ。最近、ヘイ家はあなたの伝説を利用しようと考えたの。ヌジャラの優秀な能力者のなかから予言者をひとり選びだし、その女にあなたがカルタンにもどり、カルタン人、特に三つのグレート・ファミリーをふたたび繁栄させると予言させたのよ。ヘイ家は、その予言を利用することに決めた。大イベントを開き、若い女能力者をグホリ＝ソシュの聖なる骨くずの前にすわらせて、その予言を語らせたの。なんと、彼女はあなたの声でそれを語ったのよ！」

「そんなたわごとを、わたしが信じるとでも思っているのか？」ダオ・リン＝ヘイがいぶかしげにたずねた。

「事実を確認すれば信じられるはず！　女予言者は、あの骨くずを介してあなたとテレパシーでつながっていると主張したの。あなたは目下、困難に直面し、帰郷が遅れる。

よって、カルタン人はしばらくはヘイ家の指導にしたがい、ハンガイ銀河に飛行してカラポン人を攻撃せよという、あなたからのメッセージを伝えたのよ」

　ダオ・リン＝ヘイは驚きの表情でシサ・ヴァートを見た。

「わたしは犯罪者じゃないわ！」と、カラポン人は怒っていった。「理由もないのに、異人の聖物や聖域を侵したりなどしない。でも、自分の種族が無意味に殺されるのを、ただ黙って見ているわけにはいかなかったのよ」

「理性的なカルタン人が、そんなばかげた予言を信じるはずがない！」ダオ・リン＝ヘイがショックを隠せないようすでいった。

「でも、全員が理性的だといえるかしら？」シサ・ヴァートが反論する。「カルタン人の多くは、昔の栄華にこだわり、それを彷彿《ほうふつ》させるような話ならなんでも飛びつくわ。かれらは心のよりどころを求めているのよ」

　ダオ・リン＝ヘイは動揺を隠しきれずに黙っている。

　ヌジャラ宙域では、いわゆるエスパー養成所がかつてないほど増えていた。カルタン人は、多くの苦い経験をしたにもかかわらず、古い伝統をふたたび復活させようとしている。国をあげてヌジャラの生徒たちのプシ能力を開花させ、強化させようとしていた。

　残念ながら、その成果はほとんど出ていない。けれどもカルタン人は、その事実を認めようとしない。陰で操っている者がいるのかもしれない。いずれにせよ、かれらのオカルト信仰は、詐欺師やペテン師に恰好の活動の場を提供していた。

数日前まで、ダオ・リン＝ヘイはヘイ家がそうしたいかがわしい活動に関与している可能性を全力で否定してきた。しかし、いまはもう確信が持てない。その可能性もあると思いはじめる。

シサ・ヴァートはその気持ちを感じとった。

「こんなばかげたことは、もうやめましょうよ」と、懇願するようにいった。「あなたはカラポンのことをあまりよく知らないはずだけど、わたしがこれからいうことだけは信じてほしいの。ハンガイ銀河を攻撃すれば、カルタン人とカラポン人の両方が手痛い代償をはらうことになる。それは、たった数個の古い骨のかけらを悪用した代償にしては、あまりにも高すぎるわ！」

ダオ・リン＝ヘイはシサ・ヴァートに背を向けた。そして、輝くアルドゥスタアル銀河が映しだされているスクリーンを見つめる。その見慣れた景色を眺めながら、シサ・ヴァートとロイ・スクロムに腹を立てる理由はないのだ、と自分にいいきかせた。

自分も、かれらと似たようなことをしようとしているのかもしれない。

ダオ・リン＝ヘイは《ナルガ・サント》の残骸からモトの真珠の片割れを探しだすつもりだった。そして、それをカルタン人に渡す義務があるにもかかわらず、ギャラクティカーにあたえるつもりだったのだから。

それはなぜか？

フィオ・ゲール＝ショウやメイ・メイ＝ハルのようなカルタン人が、真珠内のファイルを開き、そのデータを悪用して、戦争を起こすかもしれないと思ったからだ。モトの真珠はカラポン人の手にわたっても、カルタン人の手にわたっても同じくらい危険なのだ。

ダオ・リン＝ヘイは、皇帝ソイ・パングが真珠に保存されたレポートのうちのひとつしか見ていないことを知っている。カラポン人はエルンスト・エラートのレポートから《バジス》の存在と《ナルガ・サント》で起こったカタストロフィについて知ったのだ。とはいえ、ソイ・パングが口にした「カルタン人を攻撃する者は、ブラック・スターロードを利用するだろう」という言葉は、ただの脅しだった。皇帝はダオ・リン＝ヘイから情報を引きだすためにそういっただけだ。つまり、彼女を動揺させて、秘密を明かさせようとしたのだ。

ソイ・パングはブラック・スターロードについてはなにも知らなかった。エラートのレポートからその言葉を知り、口にしたにすぎない。皇帝が知らないものは、カラポン人も知らない。少なくともモトの真珠に関してはそういえる。

それはつまり、真珠の件でカラポン人を警戒する必要はないということだ。なら、カルタン人はどうだろうか？

かれらもこの謎の物体からデータを引きだしたり、それを〝活用〟したりする機会を得ることはないだろう。だからダオ・リン＝ヘイは、たとえ良心の呵責にさいなまれ、ある種の不安をぬぐいきれないとしても、その機会をあたえてやりたいと考えていたのだ。しかし、聖遺物であろうと、モトの真珠であろうと、あるいはほかのなにかであろうと、最終的に戦争を起こすために悪用されるのであれば、それは宝ではなく、危険物にすぎない。

「われわれは、だれにも話さないわ」シサ・ヴァートが約束する。「あなたがたについて知っていること、そして、ここで話したことは秘密にする。フェング・ルとサル・テーは死んでしまった以上秘密をもらすことはできないしね。でも、モトの真珠だけは破壊してほしいの！　あらたな災《わざわ》いがもたらされる前に破壊して！」

「それはできない」ダオ・リン＝ヘイが小声で答える。「真珠の所有者ではないから。わたしはそれを持ち主に返すことしかできない」

それは厳密にいうと、エルンスト・エラートが属している種族に返すという意味だったが、ダオ・リン＝ヘイはそこまでシサ・ヴァートに説明しようとは思わない。

そして、気持ちを落ちつけると心を決めた。

「グホリ＝ソシュの聖遺物のせいで、過去に多くの敵をつくってしまったことは認めよう」ダオ・リン＝ヘイは背筋を伸ばしながらいった。「ゲ・リアング、意見を聞かせてほしい。きみの家族もかかわっているのだから」

「伝統から決別しなくてはならないときもあるでしょう」ゲ・リアング＝プオは物憂げな声でいった。「でも、だからといって聖遺物をドラアーンの店なんかに放置すべきではありません！」

「われわれは最初、あれを壊そうと思っていたのよ！」シサ・ヴァートが震えながらいった。「でも、恐くてできなかったの」

「〝骨くず〟が恐かったとでも？」ダオ・リン＝ヘイがわざとシサ・ヴァートのいい方をまねていった。

「わからないわ」シサ・ヴァートは困惑しながら答えた。「いずれにせよ、ドラアーンでさえ壊せなかったのよ」

「ドラアーンには、ほかの目的があったのかもしれない」ダオ・リン＝ヘイは吐きすてるようにいった。「それなら、わたしが自分で壊そう」

こうして、一行はふたたび惑星ミルヤナアルにたどりついた。シサ・ヴァートとロイ・スクロムが聖遺物を持ってくると、ダオ・リン＝ヘイとゲ・リアング＝プオが無傷であることを確認する。

そのあと、一行は聖遺物を持って、テッカドの街の周辺にある火山地帯に向かった。

「そこまでする必要はない気がします」そう、ゲ・リアング＝プオがいったとき、かれらはすでに溶岩を噴出する火口のそばに立っていた。

「わたしも同じ気持ちだ」ダオ・リン＝ヘイが同意する。「でも、この古い骨には、サヤアロンまでわれわれを追いかけて、呪いつづけるようなパワーはない！」

ゲ・リアング＝プオは黙りこみ、幼いころにはじめてグホリ＝ソシュの神殿に入ったときのことを思いかえす。畏敬の念に満たされて誇らしく思ったこと、時間をかけて輝く銘板に刻まれた文字を解読したことなどを思いだしていた。

もしかすると、ダオ・リン＝ヘイも同じようなことを思いだしているのかもしれない。終始無言で物思いにふけっている。けれども、その内容まではだれにもわからなかった。

「いまならまだ聖遺物を持ってかえることができます」ゲ・リアング＝プオが動揺をおさえきれずに提案した。「盗んだ犯人の名前や隠されていた場所を公表する必要もありません」

「カルタン人なら、なにがなんでもそれを見つけだすだろう」ダオ・リン＝ヘイが語気を強めていう。「少なくとも、〝この件〟はまだ忘れさられていない。でも、これでもう終わりだ！」

聖遺物は火山の炎のなかに投げこまれた。それはカルタンの三つのグレート・ファミリーがかつて握っていた権力の最後の象徴だった。

9

はるか昔、カルタン人は惑星カルタンに入植するために《ナルガ・サント》を去った。巨大宇宙船はこの惑星の軌道上で乗員の帰りを待ったわけではない。そのため、船は急速に忘れさられていった。それどころか、多くの乗員はずいぶん前から船を見捨てていた。というのも、この船にはカルタン人だけでなく、多種多様な種族が乗船していたからだ。

ヴォイカの死後、カルタン人は《ナルガ・サント》を惑星カルタンへ運んだ。けれども、ダオ・リン＝ヘイが知るかぎり、船は大事に扱われなかった。最終的には、無謀かつ無意味な任務に送りだされてしまったのだから。あのとき、ギャラクティカーがカルタン人の援助を受けいれていたとしても、未熟な理想主義者ばかりを乗せた《ナルガ・サント》よりも、経験豊富な乗員と高速で機敏に動く戦闘艦隊のほうが、ずっとギャラクティカーの役にたったはずだ。

結局、《ナルガ・サント》は所有者が犯したあやまちのせいで、多大な損害をこうむることになった。いま船はふたたび惑星カルタンの軌道上にある。機体の五分の一しか残っていないにもかかわらず、どんな宙航士も圧倒するほど、まだ大きい。それがダオ・リン＝ヘイには、よりいっそう哀れに思えた。

残された《ナルガ・サント》の船首部分は、長さ十八キロメートル、幅二十八キロメートル、高さ二十キロメートルの巨大な鉄の塊りだ。そこに侵入したカラポン人が、モトの真珠の片割れを見つけられなかったのも無理はない。具体的な手がかりがなければ、見つけだすのに何年もかかるだろう。

「地上からのメッセージに答えなくてはなりません！」マイ・ティ＝ショウが自信たっぷりにいった。「返信して、こちらの正体を明かさないと、攻撃されてしまいます！」

ダオ・リン＝ヘイは哀れな巨大宇宙船の残骸から目を離すと、《マーラ・ダオ》の司令室を見わたした。

「それなら、おまえが返信しろ」そういうと司令室を出た。いまは自分の立場などどうでもよかった。

ダオ・リン＝ヘイは妙な気分になっていた。

目の前のどのスクリーンにも、彼女が生まれ育った惑星カルタンが映しだされている。カルタンにはヘイ家の本拠地があり、岩に隠れた秘境の谷間に、永久に役目を失ったグホリ＝ソシュの神殿がたっている。華やかな多色の大理石で造られたその建物の壁には、豪華な銘板がかけられており、そこには、ヘイ家に名声をもたらしたカルタン人の名が刻みこまれていた。

ダオ・リン＝ヘイの名もそこにある。壮大な儀式がおこなわれて名前が刻みこまれたのだ。

当時、彼女はヘイ家に属していることを誇りに思っていた。

もしもカルタン人が聖遺物を破壊した〝犯人〟を知ったら、その名が刻まれた銘板は壁から引きはがされて粉々に砕かれるだろう。家族に怒りと悲しみに満ちた儀式をおこなわせたくない。そう、考えたダオ・リン＝ヘイは、自分で銘板を壊すことに決めた。

ヘイ家に別れを告げるために。

探すべきものがわかったいま、歴史のつづきを知ることはもうむずかしくない。

ハ・シャン＝ヘイ。それが一族と協力して《ナルガ・サント》のサヤアロン遠征という無謀な計画を立てた高位女性の名前だ。

その計画の背後には、非常に具体的で恥ずべき問題点があった。

ダオ・リン＝ヘイは当時すでに神格化され、ヘイ家の若者の憧れの的になっていた。

そのことを、内向きの新政策を打ちだそうとしていたハ・シャン＝ヘイと数人の一族のメンバーは快く思っていなかった。特に、古くからある伝統に反抗し、一族の規律を完全に無視するカルタンの若い理想主義者たちには我慢ならないでいた。ハ・シャン＝ヘイは、反抗的なヘイ家の若者を優先的に《ナルガ・サント》の遠征メンバーにするよう個人的に働きかけた。そのなかの数人はなかば強制的にメンバーにさせられ、ヘイ家の若者の国外追放が事実上おこなわれた。

この事実が公けの場で明らかにされたのは、《ナルガ・サント》が遠征に出てから数年後のことだった。ハ・シャン＝ヘイは最悪の事実だけは隠しとおしたため告発をまぬがれた。けれども辞任は避けられなかった。公けには健康上の理由で辞任したとされている。もちろん、ほかの高位女性たちは本当の理由を知っていた。

ヘイ家はこの失態により、永久に名誉を回復できなかった。一族のメンバーは不正取引をしたことで訴えられたり、怪しげな政治活動をして名前がとりあげられたりした。シサ・ヴァートが語った若い〝予言者〟の話は、ヘイ家が起こしつづけている恥ずべき事件の最新のものにすぎない。それらすべてが名誉回復をはばんでいた。

一族の名誉はダオ・リン＝ヘイにとっても重要だ。だからこそ苦しんでいた。というのも、一族はことあるごとにダオ・リン＝ヘイの名を持ちだしては、利用していたからだ。

一族は名家の名と過去の功績を楯にして活動していた。一族の恥と穢《けが》れをぬぐいさるために、ダオ・リン＝ヘイの名を掲げて過去の栄光を呼びおこし、怪しげなお告げをいいふらしている。

こんな家族とは、もう縁を切る！

その場合、カルタンとも縁を切ることになるのか？

「着陸を求められています」突然、あらわれたマイ・ティ＝ショウがいった。彼女は《マーラ・ダオ》のなかのどこにダオ・リン＝ヘイがいて、どうすれば適切なタイミングで話ができるのかを、ほとんど超感覚的に知ることができるようだ。「歓迎のイベントを開いて、あなたの勝利を祝いたいと」

ダオ・リン＝ヘイは驚いて顔を上げた。マイ・ティ＝ショウは感動のあまり唇を震わせている。

「勝利とはなんだ？」ダオ・リン＝ヘイがたずねた。

「それは」マイ・ティ＝ショウがおそるおそる口を開く。「カラポン帝国軍のベントゥ・カラパウ基地を発見して破壊したこと。捕虜にされたが脱出に成功したこと。《マーラ・ダオ》の乗員を解放したこと……などです。あなたはカラポン皇帝を無害化したのですよ。それを忘れないでください。カラポン人がわれわれの銀河を去るのはもう時間の問題です！」

「かれらがそのほかに、どんな勝利をでっちあげるのか楽しみだ！」ダオ・リン＝ヘイが皮肉をいう。「で、モトの真珠は？　真珠がここにあることは、かれらに伝えたのか？」

「指示がなかったので、伝えていません」マイ・ティ＝ショウが慎重にいう。「最終的な決断は〝あなた〟にゆだねるべきだと思ったからです」

ダオ・リン＝ヘイは考えごとをしながら若いマイ・ティ＝ショウを見つめた。ショウ家は現在、かつてのヘイ家と同等の権力を持っている。マイ・ティ＝ショウは知的で能力が高い前途有望な若者だ。

それなのに、彼女はダオ・リン＝ヘイの忠臣になった。それが彼女の利益になるかどうかはいまのところわからない。

マイ・ティ＝ショウは《ナルガ・サント》からカラポン人を追いだした攻撃部隊の一員で、残骸のなかから敵を見つけだし、難破船の乗員たちを救出したグループに所属していた。それだけでなく、フェング・ルの魔手からかろうじてのがれ、負傷したダオ・リン＝ヘイを倒壊した通廊で発見したのも彼女だった。

あのとき、マイ・ティ＝ショウはダオ・リン＝ヘイにしたがい、彼女を守ると心に決めたのだ。

ヴォイカへの憧れが強すぎて、ときに一生懸命になりすぎるところがある。とはいえ、絶対的に信頼できる存在ではあった。

マイ・ティ＝ショウはダオ・リン＝ヘイに対する忠誠心をいつまで維持できるのか？

ほかの乗員はどうなのか？

ダオ・リン＝ヘイは決断し、未来への準備をしなければならないときが迫っていると感じていた。

「モトの真珠は」ダオ・リン＝ヘイがゆっくりと話しはじめる。「きみも知っているように、完全なものではない。《ナルガ・サント》にその片割れがある。わたしはそれを手にいれて、モトの真珠をもとの状態にもどすつもりだ。でも、それをカルタン人には渡さない」

そういうと、マイ・ティ＝ショウの返事を待った。

「そうしなければならない理由を、きっとお持ちなのでしょう」若い忠臣はためらうことなくいった。「それを聞きたいとは思いません。あなたを信頼していますから」

「でも、これはカルタン全体にかかわる問題。だから、知っておいてほしい。モトの真珠はあるテラナーの所有物だった。その男のことは個人的には知らないけれども、そういう人物がいたことは知っている。わたしはモトの真珠をサヤアロンに運び、テラナーに返す。かれらは真珠を悪用してカルタン人に危害を加えるような種族ではないから」

「あなたがそうおっしゃるなら、信じます」と、マイ・ティ＝ショウ。

「でも、サヤアロンに飛行するには船が必要だ。信頼できる乗員を乗せた性能のいい船が」

「わかりました」マイ・ティ＝ショウが熟考しながら小声で答えた。「なんとか手配してみます。ほとんどの乗員はあなたについてくるでしょう。百パーセント賛成というわけではないでしょうが、モトの真珠が非常に危険なものだという認識はみな持っています。その計画をすばらしいとは思わないかもしれませんが、協力はしてくれるはずです。けれども、あなたを脱走兵としか見なさない者も少なからずいます。問題が起こる前に、かれらは排除すべきです」

「できるだけ目立たない形で、それをする方法はある？」

マイ・ティ＝ショウは一瞬ほほえんだ。

「あります」と、断言した。「かれらは自らを英雄と見なし、高く評価されたいと思っています。よって、かれらをカルタンに送り、勝利を祝う式典のための準備をするよう指示します。名誉ある任務を任されれば、満足するはずです」

「ほかの乗員には、なんて説明する？　疑念を抱いたりしないか？」

「かれらには可能なかぎり真実を伝えます。《ナルガ・サント》から見つけださなくてはならないものがあると伝えるのです。それがモトの真珠であることに、かれらは気づくでしょうが、わたしがその名をいわないかぎり、だれも話題にすることはないでしょう。カルタン当局に対してさえも沈黙をつらぬくと思います」

「乗員をそんなに信じても大丈夫なのか？」

「カラポン人に拘束されたさいも、かれらの忠誠心は変わりませんでした」マイ・ティ＝ショウが穏やかな口調でいう。「あなたを信頼している非常に優秀な乗員です」

「例外はいるけど」ダオ・リン＝ヘイがほほえみながら指摘する。

「例外はつねに存在します」マイ・ティ＝ショウが冷静にいう。「いずれにせよ、この問題はすぐに解決します。まず準備すべきことを教えてください。手配はわたしに任せてください」

「緊急スタートが必要になるかもしれない」

「それだけではすまないでしょう。カルタン人はわれわれを追ってくるはず。とはいえ」マイ・ティ＝ショウはいたずらっぽく笑うとつづける。「《マーラ・ダオ》は特別な船です。カルタンのほかのどの船よりも飛行速度は速い」

「なんといっても、試作モデルだからな！」ダオ・リン＝ヘイが強調する。マイ・ティ＝ショウは当初それをかたくなに否定していた。

「改良モデルといってください。一般的なカルタンの艦船がハンガイ銀河を往復することは不可能ですから。やはり《マーラ・ダオ》は特別な船なのです。この場におよんで知らなかったなんて、いわないでください」

もちろんダオ・リン＝ヘイはそれを知っていた。

「ところで護衛は何人必要ですか？」マイ・ティ＝ショウがたずねた。「つまり《ナルガ・サント》に寄り道するときに」

「ひとりもいらない」

「護衛なしに、あの難破船に乗りこむなんてありえません！　事件が起きるかもしれません！」

「あそこに敵がいるとは思えない！」

「その可能性は否定できません！」

ダオ・リン＝ヘイはマイ・ティ＝ショウを真剣に見つめる。若い女性カルタン人の表情は心配に満ちている。

「すまない」ダオ・リン＝ヘイは小声でいった。「でも、この《マーラ・ダオ》には、きみが必要だ。きみがこの船にとどまることが、わたしにとっては重要なのだ！」

マイ・ティ＝ショウは考えこむ。

「わかりました」しばらくして答えた。「でも、遠くからあなたを守らせてください」

「それはかまわない」ダオ・リン＝ヘイは承諾した。

ゲ・リアング＝プオもこの話に耳を傾けているはずだ。もちろん、彼女なりの方法で……

10

巨大な切断部に近づいたダオ・リン＝ヘイは輸送艇を見つける。十数隻はある。それらは溶けた支柱やパイプや壁の突起部に固定されていた。とはいえ、金属部品の山のなかにある輸送艇は、肉眼では認識できない。エネルギー探知機のモニターに映しだされた小さな光の点だけが、巨大な瓦礫にしがみついている艇の存在を示していた。

だれかが意図的に、輸送艇をそこに隠したとは考えられない。けれども、遠くからでもわかるように置かれたわけではないことは明らかだった。

なんのために輸送艇はそこに置かれているのか？

難船者の子孫向けに導入された援助・救命プログラムの実行のために置かれたわけではないだろう。

そのプログラムのことを考えると、ダオ・リン＝ヘイは憤《いきどお》りを感じた。

当時、カルタン人は《ナルガ・サント》の帰還を非常に喜んだが、生きのこった難船者たちには驚くほど冷たかった。欠乏症や先天性疾患を患った帰還者たちは差別された。

それだけでなく、無邪気に冒険譚を語ったせいで世論を敵にまわしてしまう。結局、身体的欠陥だけでなく、倫理的および道徳的欠陥を持っているという烙印《らくいん》を押されることになった。

目下、難船者たちを、この巨大な瓦礫のなかに置きざりにすべきかどうかについての議論がなされている。ここでの生活水準は、すでにカルタンの基準に達している。よって今後は、健康に生まれた子供たちは里親にあずけたり、学校に通学させたりして、カルタン社会に組みこもうという動きが出はじめていた。

難船者たちは驚くほど冷静に変化を受容した。光と暖かさと水と食糧が充分供給されている現状を享受している。信じられないほど淡々と、医療処置とそのほかの改善策も受けいれていった。

カルタン人は《ナルガ・サント》の管理については、抜け目がなかった。ロボット部隊を船内のいたるところに配置し、長期間の隔離生活の痕跡を消しさった。

けれどもダオ・リン＝ヘイはそのやり方がまちがっていることを確信していた。《ナルガ・サント》の住民は、これまで厳しい生活をしいられてきた。生きのびるために、つねに戦ってきた。しかし、いまは食糧をあたえられて手厚く保護されている。かれらはすべてに対して無関心になることで現状を甘受しているのだ。

あの反抗的なヴィンでさえ、もはや意欲を失っているように見える。志気を失くしてカルタン当局に屈服している。当局の者たちは難船者たちの真の姿を知らない。そんな者たちにかれらの生き方を決める権利はない。

本当は、難船者たちに復興にかかわるすべての仕事をやらせるべきだったのだ。しかし、そのためには、難船者たちに直接会って、最新の機械や補助装置の使い方を教えなければならなかった。よって難船者との接触を避けたいカルタン人は、ロボット部隊を送りこむことにした。ロボットの作業速度は熟練したカルタン労働者よりも速い。

難船者たちもロボットと競争することは無意味だとわかっていた。だから傍観することを選んだのだ。

ダオ・リン＝ヘイは自分が乗ってきた小型艇で切断部の〝上部〟、つまり、司令センターであるスコ＝タ＝ミングがあった場所に向かう。

そこはもう巨大な穴でしかない。割れた壁と切れ目の入ったシャフトの表面は部分的に熔解し、熔融固形物におおわれ、岩のように見える。この光景をはじめて見る者は、船内に生命体がいるとは想像できないにちがいない。けれども瓦礫の奥に入ると、保安ハッチが見えた。それは、カタストロフィが起こったさいに、即座に閉鎖されて空気の放出を防いだ、あのハッチだった。

ハッチは無傷だ。あらたな安全装置の設置工事も開始されている。

かつての死のゾーンと壊滅区域との境界線沿いにあるキャビンのひとつに、モトの真珠の片割れがあるはずだった。エルンスト・エラートはサヤアロンへの飛行中、そのエリアのキャビンのひとつに滞在していたからだ。

ダオ・リン＝ヘイには、難船者たちがモトの真珠を探したとは思えなかった。すべてが熔解して変形し、岩のような塊りになっている。それを見るだけで、このエリアがカタストロフィのさいには火の海になったことがわかる。エラートは火の海を見てはいない。だから、火災についてはなにも報告していないが、もし、火の海に囲まれていたら、報告をするどころではなかっただろう。

このエリアに生存者がいた可能性はきわめて低い。数人さえ救えるような状況ではなかったはずだ。よってカルタン人は、このエリアで生存者の捜索はおこなわなかった。時間と労力を費やしてモトの真珠を探すこともしなかった。なぜなら、時間と労力は、そのときのかれらにとっては、不幸を招く謎の真珠よりも価値あるものだったからだ。

もちろん、エラートが《ナルガ・サント》から脱出し、船について報告しなくなったあとに、真珠の捜索がおこなわれた可能性は否めない。

エラートの記録によると、生きのこった難船者たちはその後、モトの真珠について言及することを禁止し、しだいにその存在を忘れていった。カルタン人は禁止されたものには、二度とかかわらない。何百年を経ても、それは変わらなかった。

ダオ・リン＝ヘイは自分が乗ってきた小型艇を固定すると、真珠の捜索をはじめる。

足を踏みいれたエリアはまるで悪夢のようだ。

《ナルガ・サント》に到着した《ヘラクレス》の乗員がエンジンを設置し、この難破船を帰還させる準備を進めていたときは、瓦礫しかない無人エリアを探索している時間的余裕などなかった。生存者もそこにはいなかった。よって、ダオ・リン＝ヘイがカタストロフィ後に、このエリアに入った最初の生命体になるだろう。

かつての住民の痕跡はほとんどない。おそらく数秒で、すべてが焼けて灰と化したにちがいない。壁や床や天井にからまりついている奇妙な繊維の塊りは、植物の根のように見えるが、不燃物が熔けて固まったもののようだ。それらを観察すると、短期間、重力が大きく乱れたことがわかる。

モトの真珠が灼熱地獄に耐えられたかどうかはわからない。やはり捜索は無意味なのではないか。ダオ・リン＝ヘイは目の前の光景を見て絶望しかけた。

しかし、奥へ進むと、燃えのこったキャビンがいくつか見つかり、ふたたび希望を抱く。けれども、そこで、遠くからは見えなかった悲劇の痕跡を目のあたりにする。カタストロフィの凄まじさを、むしろより身近に、よりセンセーショナルに感じとることになった。

ダオ・リン＝ヘイは悲惨な光景には目を向けないようにしながら、自分の方向感覚にしたがって進む。

《ナルガ・サント》にはかつて長期間滞在したことがあった。そのときは、ほとんどの時間を司令センターと居住エリアのあるスコ＝タ＝ミングで過ごしたが、その周辺エリアもときどき散策していたので知っていた。

スコ＝タ＝ミングの真下にあるこのエリアは、かつてカルタン人の居住空間だった。ここに住んでいたのは、司令室とその関連施設に勤務する上流階級のカルタン人だけだった。ダオ・リン＝ヘイは何度もここを訪れたことがあったが、興味をそそられるものはなにもなかった。角に数機の廃棄用機材と、壁にはるか古代の標識があるだけで、どこもかしこも埃《ほこり》だらけだった。五万年という長い年月を考えると、しかたがないことのように思えた。

なんの変哲もないエリアではあったが、主要な通廊がどこにあったかは、まだはっきりと覚えている。数年前の出来ごとのように記憶は鮮明だ。よって、エラートのレポートの内容が正しければ、目的のキャビンがあった通廊を見つけることは、そうむずかしくないように思えた。

そうしてダオ・リン＝ヘイは、かつての死のゾーンと壊滅区域との境界沿いをはしる通廊を発見した。いまは難船者のなかのはみだし者や追放者しか、そこには足を踏みいれない。防護壁も保安ハッチも機能しないその通廊は、壊滅区域への入口、または死への近道とも呼ばれていた。

砕けた壁やハッチや何千もの割れ目の向こう側に、エラートが逃亡時にもぐりこんだ保守点検用ダクトが見えた。その向かいにある壁が、このエリア内では死のゾーンと壊滅区域との境界線になっていた。

これが、エラートが逃亡した道だということはわかった。しかし、かれがいたキャビンはどれだろうか？

発見した通廊は一定間隔で分岐している。ダオ・リン＝ヘイはレポートの内容を思いだしながら、通廊沿いのハッチを数えようとするが、うまくいかない。なぜならハッチや通廊の照明やそのほかの手がかりの大半が破壊されていたからだ。大きな穴や壁の重なりや備品を観察して、キャビンの場所を推定する以外に方法はない。そうしてダオ・リン＝ヘイはエラートがいたキャビンを発見した。

壁にできた大きな穴を見つめる。ハッチとその周囲にあるものはすべて破壊されている。ダオ・リン＝ヘイがいるところが、カルタン人の警備兵が立っていた場所だ。目の前にある穴は、横長で、その輪郭には刻み目が多くある。この穴をくぐりぬけて、エラートは保守点検用ダクトに逃げこんだのだ。いっぽう、キャビンの右側には、エラートがモトの真珠と必要な機器を置いていた作業テーブルの破片が散乱している。そこに転がっている機器のひとつはハイパー送信機のように見える。ダオ・リン＝ヘイがモトの真珠からデータを入手するために使用していたものに非常によく似ていた。

真珠はどこにあるのか？

ダオ・リン＝ヘイは慎重にキャビンのなかに入った。転がっている破片を踏まないよう気をつけながら、エラートが立っていた場所へと移動する。

パラライザーに腕を撃たれたエラートが、手を開いた場所はここにちがいない。となると、モトの真珠の片割れが丸みを帯びた部分を下にして床に落ちた場所は、すぐ目の前だ。

真珠の片割れはどこにあるのか？

ダオ・リン＝ヘイはテーブルの破片を脇にどけてライトで床を照らしながら真珠を探す。すると突然、防護服のヘルメット無線を介して冷ややかな声が聞こえてきた。

「動くな。さもなくば、あなたを殺す」

＊

ダオ・リン＝ヘイは顔を見なくても、声の主がガ・ヌイン＝リングだとすぐにわかった。リングは真珠の片割れが、どこにあるのかを知っているにちがいない。

よってダオ・リン＝ヘイは、かれの命令にしたがうことにする。

真新しいエアロックの前に連れていかれる。以前は、そのエリアにエアロックはなかった。防護服を脱ぐよう命令され、襟についていた小型送信機もはぎとられてしまう。

ほかにも機器がついていないかを確認するために、ガ・ヌイン＝リングはダオ・リン＝ヘイのまわりを三回まわってチェックした。

カルタン兵たちが、カラポン人との戦いの跡がまだ残る仮設の司令室にダオ・リン＝ヘイを連れていく。司令室がいまだにこうした状態なのは、修繕する必要がないと見なされているからだろう。そこは、もはや必要ではなくなったエンジンが制御されていた場所だからだ。瓦礫と化した《ナルガ・サント》に、惑星カルタンの軌道から離れる力は、もう残されていなかった。

兵士たちは捕虜をシートに縛りつけると、去っていった。ダオ・リン＝ヘイは、マイ・ティ＝ショウが我慢できずに、いまにも突入してくるのではないかと思い、心配になる。ゲ・リアング＝プオが、マイ・ティ＝ショウの気持ちを落ちつけてくれることを願う。ここで殺されるとは思えない。というのも、ガ・ヌイン＝リングは冷静かつ慎重に行動しているように見えたからだ。

足音を鳴らして、カルタン艦隊最高司令官のフィオ・ゲール＝ショウが目を輝かせながら司令室に入ってきた。手には武器を持っている。毅然とした態度を見せるが、どこか違和感がある。精神的に不安定であることがわかる。

「偉大なるダオ・リン＝ヘイ！」フィオ・ゲール＝ショウが皮肉な笑みを浮かべていった。「多くの英雄を生みつづけてきたカルタンの賢者のなかの賢者！　そんなあなたがこんなことをするなんて、いったいだれが想像したでしょう?」

フィオ・ゲール＝ショウにいったいなにが起こったのか?

ヴァアルジャディンの艦隊基地で会ったときも彼女の態度はすこしおかしかったが、あのときは多大な責任を負い、大きなプレッシャーにさらされていたからだと思っていた。

「いったいなにを探していたの?」フィオ・ゲール＝ショウは沈黙しつづける捕虜の姿を見つめながらたずねた。「いったい、どんな宝物がここにあるというの?　教えてちょうだい!」

ダオ・リン＝ヘイはフィオ・ゲール＝ショウがすでにそれを知っていることを確信していた。なぜなら、カルタン艦隊最高司令官の考えがつねにモトの真珠に左右されてきたことを知っているからだ。

いまもなお、そうなのか?　フィオ・ゲール＝ショウもモトの真珠を探しているのか?　それを見つけることで、失った地位をとりもどそうと考えているのか?

ベントゥ・カラパウのカラポン人を追放したあとに、そんなことをする必要があるのか?

「まさか、わたしに見つかるなんて思ってもみなかったでしょうね?」フィオ・ゲール＝ショウが皮肉をこめて訊く。「でも、知恵はあなただけに授けられたものではないことを忘れないで、ダオ・リン＝ヘイ！　あなたはここにくれば、自分勝手になんでもできると思っていた。ひとことといえば、カルタン艦隊のすべての艦船が方向転換し、指示した方向に進んでくれると思っていた。そうでしょ？　友よ、そんな簡単にはいかない！　あなた以外にも、ヌジャラ宙域で理性を保っている者がいるのよ」

「それが、あなたというわけか」ダオ・リン＝ヘイは話が本題に入ることを期待していう。

「ようやく、話す気になったのね」フィオ・ゲール＝ショウが嘲笑を浮かべていう。

「すばらしい！　わたしはあなたにだまされなかった。それどころか、あなたの目的さえ知っていた！」

フィオ・ゲール＝ショウがそれを知っていたわけがない。あてずっぽうにいっているだけだろう。

「あなたは、まんまとわたしの罠にはまったのよ」フィオ・ゲール＝ショウが歓喜の声をあげた。「あなたがここに、つまり《ナルガ・サント》にくることは計算ずみだった」

ガ・ヌイン＝リング！　あの男は待ち伏せしていたのだ。ダオ・リン＝ヘイがあの場所にくることを知って、先まわりしていたのだ！

いったい、ガ・ヌイン＝リングはどこから情報を得たのか？

シサ・ヴァートとロイ・スクロムから得たのだとしても、その情報はわずかだったにちがいない。ふたりが動画のコピイをつくっていたとは考えられない。もし、つくっていたとしても、動画を見ただけでは不十分だっただろう。ダオ・リン＝ヘイほど《ナルガ・サント》を熟知した者でないかぎり、瓦礫と化した船のなかでエラートがいたキャビンを見つけることは不可能だからだ。もしくは……

……地図を持っている者なら可能かもしれない！　サヤアロンへ飛行した当時の船内図を持っている者なら！

船内図は保存されているはずだ。アーカイヴには、当時の《ナルガ・サント》の乗員名簿が残されている。ガ・ヌイン＝リングは、その名簿を見て、エルンスト・エラートのキャビンの番号を見つけたのかもしれない。

保存されていたデータを照らしあわせれば、キャビンの場所を特定することは、それほどむずかしいことではないだろう。そのためにガ・ヌイン＝リングが必要としたものは、《ナルガ・サント》に当時テラナーがいたという証拠と、モトの真珠の片割れの話がカラポン人の妄想でなく、真実だという確信だけだっただろう。

あの男がモトの真珠の片割れを持っているにちがいない。

いったい真珠をどうするつもりなのか？　ダオ・リン＝ヘイを巻き添えにして、なにをたくらんでいるのか？

そのとき、ガ・ヌイン＝リングがタイミングよく司令室に入ってきた。ハッチの横に立って壁にもたれかかり、気味の悪い笑みを浮かべてフィオ・ゲール＝ショウを見つめる。

なにかを待っているようなようすだが、それがくるという確信があるようだ。とはいえ、なにを待っているにせよ、フィオ・ゲール＝ショウに関するものであることは明らかだ。

ダオ・リン＝ヘイはどこか安心した。ガ・ヌイン＝リングが自分に対して敵意を持っていないことがはっきりとわかったからだ。

「いまは艦隊のことを考えたほうがいいのでは？」ダオ・リン＝ヘイがフィオ・ゲール＝ショウを見てたずねた。「こんな状況なら、なおさら……」

「艦隊はいま、わたしを必要としていない」フィオ・ゲール＝ショウは吐きすてるようにいった。「すべては、あなたのおかげよ。友よ、ありがとう！　あなたが成しとげた仕事のすばらしさは認めざるをえない。そのおかげで、ベントゥ・カラパウを見つけ、破壊することができたのだから。その後、カラポン人たちはとり乱したが、カラポン皇帝が誘拐され、居場所がわからないと伝えると、抵抗しなくなり、撤退したわ。だから、警戒する必要はもうない」

「カラポン人はまたもどってくる！」

「それは、いまじゃない」フィオ・ゲール＝ショウが満足げに答えた。「カラポン人は皇帝が死ぬと非常に複雑な儀式をおこなう。それらをおこなうためには遺体が必要なのよ。でも遺体はない。本当に死んだのかさえ、かれらは知らない。もしあなたがソイ・パングの遺体を持ってかえっていたなら……。ああ、それを想像するだけで恐ろしい！カルタン人は遺体を秘密裡《り》に処理せずに、見せびらかしていたでしょう。そして、カラポン軍に猛攻撃されていたはず。あなたが遺体を捨ててきてくれたおかげで、皇帝の死を秘密にすることができたのよ」

「だが、かれらはあらたな皇帝を立てるはずだ」

「そうね。でも、それは容易なことではない。現皇帝が死んだことを証明する必要があるから。皇帝の遺体が見つからないかぎり、次のステップには進めない」

「シサ・ヴァートとロイ・スクロムは皇帝が死んだことを知っている」ダオ・リン＝ヘイがすかさず指摘する。「シサ・ヴァートはカラポン人だ。しばらくは皇帝の死を秘密にするだろうが、いずれ真実を話すだろう。そうしなければならない日がかならずやってくる。結局は、彼女も自分の種族に依存するしかないのだから」

「そうね」フィオ・ゲール＝ショウが怒りをあらわにしていう。「あなたがシサ・ヴァートをミルヤナアルに連れもどしたせいで、だれも彼女には手をだせないのよ！」

「おや、よけいなお世話だったかな？」ダオ・リン＝ヘイが皮肉をこめていう。「でも、あなたならきっとミルヤナアルにいって、シサ・ヴァートを殺害してくれるだれかを見つけるだろうな。口封じのために。ちがうか？」

「あなたには死んでもらう」フィオ・ゲール＝ショウが冷めた声でいった。「いま、すぐ！」

ガ・ヌイン＝リングが壁にもたれていたからだを起こす。その表情は、さっきまでとうってかわって警戒心に満ちている。

「〝なぜ〟、わたしを殺したいのだ？」ダオ・リン＝ヘイが冷静にたずねた。

フィオ・ゲール＝ショウは答えない。そして武器を持ちあげた。

「やめろ！」ガ・ヌイン＝リングが叫んだ。そして即座に移動し、フィオ・ゲール＝ショウの手をつかむ。カルタン兵たちが司令室に突入し、その手から武器をとりあげた。

「手を離せ！」フィオ・ゲール＝ショウがわめく。「わたしはカルタン艦隊の最高司令官だぞ！」

「もと最高司令官ですよ」ガ・ヌイン＝リングが冷たい口調で訂正する。「あなたが司令官になる手助けをしたことを、いまは後悔しています」

そして兵士たちに合図を送り、フィオ・ゲール＝ショウを連れていかせた。

「申しわけありませんでした」ガ・ヌイン＝リングはダオ・リン＝ヘイとふたりきりになるといった。「でも、こうするほかなかったのです」

「それは、なぜ？」

ガ・ヌイン＝リングがダオ・リン＝ヘイの手から手錠をはずした。

「ご説明しましょう。フィオ・ゲール＝ショウは長いあいだ、多くの者から厄介者と見なされてきましたが、更迭《こうてつ》だけはなんとかまぬがれてきました。ベントゥ・カラパウで失態をおかしてもなお、その地位にいすわりつづけたのです」

「なぜ、あれが失態だといえるのだ？」ダオ・リン＝ヘイがとまどいながらたずねた。

「フィオ・ゲール＝ショウは少なくとも、あなたをはじめとする何名かの命を危険にさらしました。本当は、あなたに復讐したかったのです。それなのに、あなたは無事に帰還した。彼女にとって、それは想定外でした」

「それほど、わたしを殺したかったのか？」ダオ・リン＝ヘイが困惑する。

「わたしもすこしだけ復讐の手助けをしました」ガ・ヌイン＝リングが落ちついた口調で告白した。「それは記録にも残されています」

「遠まわしにいうのはやめろ！」

「申しわけありません。配慮がたりませんでした」

ガ・ヌイン＝リングはダオ・リン＝ヘイを見つめながら考える。

「あなたの帰還は」と、小声で説明する。「多種多様な問題をひきおこします。カルタン人の多くは、あなたを生きた伝説と見なしています。それがどんなおかしな戦闘であったとしてもついていく覚悟があります。惑星カルタンではいま、大祝賀イベントが準備されています。そのさいに、かれらはなかば強制的に、最高位女性とカルタン艦隊最高司令官の地位をあなたに授けるつもりです。だからこそ、フィオ・ゲール＝ショウはあなたを殺そうとしたのです」

ダオ・リン＝ヘイは黙っている。ガ・ヌイン＝リングの意図がまだ明白ではないからだ。

「わたしはカラポン人を憎んでいます。とはいえ、カルタン人が勝ち目のない戦争に突入するなら、黙って見ているわけにはいきません。カラポン人は大敗したところです。いまなら、かれらと交渉することができるでしょう。ですが、あなたの家族とその伝説が、それを許さないのです。あなたが祝賀イベントに登場し、ふたつの地位につけば、みなあなたに行動を求めるでしょう。そうなれば、交渉は不可能です」

「シサ・ヴァートとロイ・スクロムから、わたしの計画について聞かなかったのかな？」

「あれを決行するつもりですか？」

「そうだ」

ガ・ヌインは立ちあがると、コンソールのひとつからなにかをとりだした。それを包んでいるフィルムを開く。すると、かれの両手のあいだに燦然と輝く光があらわれた。

ダオ・リン＝ヘイは息をのんだ。

それはモトの真珠の片割れだった。

「この真珠にいったいどんな価値があるのですか？」ガ・ヌイン＝リングが訊く。「これを使って、なにができますか？　カラポン人との戦いのさいに役だつとでもいうのですか？」

「それはない」ダオ・リン＝ヘイが冷静に答えた。

「本当に？」

「カルタン人にとって役にたつのは、この船、つまり《ナルガ・サント》に関する報告だけだ。そこには、カタストロフィとそれにいたる経緯が記録されているから」

ガ・ヌイン＝リングはその経緯をよく知っていた。表情を見ればそれは明らかだ。眉をひそめながら、ダオ・リン＝ヘイに真珠を手わたした。

「長年、封印されていたファイルを無理やり開くのはよくないと思います」と、不満を口にした。

「レポートの内容を公表するつもりはない」ダオ・リン＝ヘイが断言する。「ヘイ家に属する者にそんな資格はない」

「あなたがモトの真珠を持ち逃げすれば、カルタン人はさぞかし激怒するでしょうね」ガ・ヌイン＝リングが皮肉をこめていった。

「わたしはかならずもどってくる」ダオ・リン＝ヘイは力をこめていった。

ガ・ヌイン＝リングの悲しみが伝わってきて、驚く。

その瞬間、ダオ・リン＝ヘイは手を差しだしていた。もちろん、それはガ・ヌイン＝リングが確実に知らないテラナーの慣習だ。それにもかかわらず、かれはその手を握りかえした。しばらくして、ダオ・リン＝ヘイは《マーラ・ダオ》にもどった。

惑星カルタンには見向きもせずに、モトの真珠の片割れを実験室に持ちこむと、それをもういっぽうの片割れの上に重ねた。予想どおりふたつの破片は合致した。

そこで、ダオ・リン＝ヘイは不思議に思う。彼女は当初、モトの真珠はイホ・トロトが話した〝ミモトの宝石〟の一部だと考えていた。それがまちがいだったことは、最近わかった。けれども、まだ疑問が残っている。フェング・ルは《ナルガ・サント》を襲撃したさいに片割れがどういうものかを説明したが、それはまちがっていた。大提督自身がだまされていたのか、それとも、ダオ・リン＝ヘイを惑わせようとしたのかはわからない。それは永遠の謎だ。なぜなら、かれは死んでしまったからだ。その口から答えを聞くことは、もうできない。

「さあ！」ダオ・リン＝ヘイは宝石にささやきかけた。「アミモツオ、心の準備をしておけよ！　十六日後には、おまえはテラナーにひきわたされる。けれども、それまではわたしのものだ。そのあいだに、いくつかの小さな秘密を引きだしてやるぞ」

《マーラ・ダオ》は加速し、惑星カルタンの軌道を離れた。ダオ・リン＝ヘイが《ナルガ・サント》から持ちかえった《ヘラクレス》のクロノメーターには、一一四四年五月五日という日付が表示されていた。

ロードの支配者

H・G・フランシス

登場人物

ペリー・ローダン……………………銀河系船団最高指揮官
エイレーネ…………………………ローダンの娘
グッキー……………………………ネズミ＝ビーバー
ホーマー・G・アダムス…………ヴィッダーのリーダー
カール・プレンタネ………………同工作員。惑星開発計画の専門家
マルテ・エスカット………………同工作員。サイバネティカー
ジェスコ・トマスコン……………カンタロの捕虜。収容所のリーダー
デニス・ペター……………………同捕虜。武器マイスター
ヴェーグラン………………………惑星ウウレマの最高位のカンタロ

1

ジェスコ・トマスコンは心のなかで静かに笑っていた。カンタロからどんなに無慈悲に扱われようとも、動揺したようすをいっさい見せない。

「友よ、よく聞け」と、どら声でいうと、両手で長い髭《ひげ》をなでた。そして、髭を半分にわけると、左右の肩になでつけた。「自分を憐れんだところで状況は変わらない。むしろ、悪化するだけだ」

「わたしのことはほうっておいてくれ」ペテ・ルムプルズが吐きすてるようにいった。

「いま、ここでなにが起こっているのか、わからないのか？　カンタロはわれわれを遺伝子工学の実験材料として使おうとしているんだ。それがどういうことか、きみは理解していないのか？」

「若造、もちろん理解しているさ」トマスコンは落ちついた口調で答えた。「運がよければ、細胞をいくつかとられて、自分のクローンをいくつもつくってもらえるだろう。そうすれば、頻繁に自分に出くわすことになるかもしれないな」

トマスコンは爆笑し、数人の捕虜たちの笑いを誘う。そのとき、従順そうな赤毛の男がやってきて、泡立つ飲みものが入った容器を差しだした。

「ビールです。われわれがつくりました。あそこに器用な男がいるのです。かれには、こういう才能があります」

「正直、きみのクローンには出くわしたくないな」トマスコンは皮肉をこめてそういうと、おいしそうにビールを飲んだ。そして、満足げな表情で赤毛の男にうなずいた。

「だからといって、悲しむ必要はないぞ」

ペテ・ルムプルズは頭を振る。ジェスコ・トマスコンがここでは非常に尊敬され、苦労してつくられた貴重な飲みものを、だれよりも早く受けとったという事実にはほとんど興味を示さない。実際、髭男は収容所の人気者で、大多数の捕虜からリーダーと見なされていた。

「冗談を、いうのは、やめてくれ」若者はつかえながらいった。「カンタロはわれわれの臓器を実験に使っている。かれらにとって、われわれは〝もの〟にすぎない。それ以上の価値はない」

「カンタロに同情を求めてもむだだ」と、トマスコン。「自分の運命を嘆いても、なんの役にもたたない」

「ウウレマなんて大嫌いだ」ルムプルズは叫んだ。かれはブラックホールの外縁部で孤独な年月を過ごし、宇宙物理学的現象のさまざまな謎を解明しようとした、いわゆる事象の地平線の研究者だった。

「おれたち全員がこのいまいましい惑星を憎んでいる」トマスコンも同意する。そして、外の風景を見わたしながらいった。「だが、この星は決して醜くはない」

ウウレマはテラに似た惑星だが、テラほど進化していない。カンタロは北半球にある大平原に捕虜収容所を建設した。その北東部は海に接し、平原の背後には、主にヤシの木やトクサ科の植物におおわれた馬蹄《ばてい》形の山脈がある。

ジェスコ・トマスコンは収容所から数キロメートル離れた山脈を眺めていた。山脈の前には、仮設建造物が建っている。この数日間で、約百名がそのなかに入っていったが、だれも出てこない。ペテ・ルムプルズは絶え間なくその建造物を観察し、捕虜が連れこまれるたびに、やつれた顔に深いしわを刻みつけていた。

山脈と捕虜収容所のあいだには、謎の建造物だけでなく、高さ五メートルのエネルギー柵も設置されている。ルムプルズは、建造物に接近できる捕虜は数人いるとしても、柵を突破したり、乗りこえたりできる者は絶対にいないと考えていた。

数時間前から、材料輸送機が何機も到着し、大量の資材が運びこまれていた。おそらく、カンタロが推しすすめている遺伝子工場とハイパー通信ステーションの建設準備のためだろう。捕虜たちは、その運搬作業を複雑な気持ちで見守っていた。カンタロが機材の搬入にいそがしく、捕虜にかまう時間がないことを喜ぶいっぽうで、膨大な量の資材を見て不安をつのらせていた。

「町をひとつつくれるほどの資材の量だ」ペテ・ルムプルズがいった。「これがなにを意味するのか、わかるか？」

「もちろんだ」ジェスコ・トマスコンが答える。「工場が大きくなればなるほど、処理される捕虜の数も増えるということだ」

「処理される」ルムプルズが声を絞りだす。そして、うなずいた。「まさに、そのとおり。毎日、何百名もの捕虜があの工場に送られている。でも、わたしは自分の番を待つつもりはない。その前に、逃げだしてやる」

「そんなことをしても結果は同じだ」トマスコンが辛辣《しんらつ》な意見をいう。

近くにすわっていた数人の男たちはつくり笑いを浮かべた。

「たしかに」武器マイスターのデニス・ペターが同意する。「どんなにあがいても、結局は死ぬしかない」

「それを、わたしもいいたかったんだ」トマスコンは、まるで翌朝の起床時間でも伝えているかのように感情をこめずにいった。「自殺するくらいなら、カンタロに殺されることを選ぶ。そのほうが楽だ」

「そんな皮肉は、不適切にもほどがある」ルムプルズが怒りをあらわにしていった。

トマスコンは科学者を見つめ、ふたたび、髭を半分にわけると、左右の肩になでつけた。

「根暗男、よく聞け」と、説教する。「わたしは最後の瞬間まで希望を持ちつづける。もし自殺したあとに、カンタロは無害な実験をしようとしていて、自分の細胞をいくつか差しだすだけですんだなんてことがわかったら、死んでも死にきれないからな」

数人の男たちが笑う。ルムプルズはすわっていた石から立ちあがり、無言で部屋の隅に移動した。青白い顔はこわばっている。

「信じてはもらえないかもしれないが」トマスコンがつづける。「わたしは、神が人間にあたえたものを粗末に扱わないという信条を持っている」

ルムプルズはそれを聞いて障害物にぶつかったかのように立ちどまった。ゆっくりと振りかえって、トマスコンを見つめる。かれの発言が真摯なものか、冗談かはわからなかった。

喉もとまで出かかった質問をのみこむ。ピラミッド型ロボットが二体、近づいてきたからだ。最高位のカンタロであるヴェーグランもいっしょにきた。

ペテ・ルムプルズは立っていられなくなる。ゆっくりと膝をつき、胸の前で祈るように手を組み、頭をさげた。しかし、目だけは接近してくるカンタロとロボットに向けていた。

恐怖と不安におそわれて顔をゆがめる。そして、意味不明なことをつぶやいた。

捕虜たちはみな、カンタロに選ばれることは死刑判決に等しいと考えていた。もちろん、かれらは仮設建造物内でおこなわれている遺伝子実験の具体的な内容を知らない。捕虜のなかの生物学者たちでさえも明確な情報を提供できずにいた。とはいえ、ほとんどの者は、こうした実験には生物の細胞がすこししか必要ないことを知っていた。少量の細胞さえあれば、遺伝子を特定し、操作することができるからだ。それなのに、カンタロのラボからもどってきた捕虜はひとりもいない。その事実は重く受けとめねばならなかった。

ヴェーグランは石の上に立ち、捕虜たちを見まわす。目があった捕虜はみな顔をそむけ、虚空を見つめる。ただひとり、トマスコンだけが冷静さを保っていた。長い髭を肩になでつけ、軽蔑のまなざしをカンタロに向ける。それと同時に、ルムプルズを足で蹴って黙らせようとした。

「いいかげんにしろ」トマスコンは叱った。「泣くのは勝手だが、誇りは捨てるな」

「泣いてなんかいない」ルムプルズが怒りだす。そして、ヴェーグランに背を向けたまま、立ちあがった。顔はひきつり、深い悲しみに満ちている。「なんで、わかってくれないんだ！　わたしはただカンタロの材料にされたくないだけだ。もののように粗末に扱われたくない。人間だから！」

「なら、人間らしくふるまえ」と、トマスコンはいった。

そして、すぐに口を閉じた。ヴェーグランから指をさされたからだ。カンタロの作業リーダーは身長一・八メートル。顔は横長で、額は縦長という特徴的な顔つきをしている。青く輝くふたつの目は極度に離れている。黄色い小さな棒をくわえ、それをゆっくりと口のなかで転がしている。こげ褐色の革のような素材からできたコンビネーションを着用し、右の太ももに、グリップにカラフルな模様がほどこされたコンビ銃をぶらさげている。

トマスコンは、ヴェーグランがドロイドであり、その身体機能の多くがシントロニクス・モジュールによって制御されていることを知っていた。近づいてきたロボットに腕をつかまれると、小声で罵倒した。とはいえ、緊張して血《ち》の気《け》が引き、一瞬目を閉じた。

「わかったよ」トマスコンは落ちついた口調でいった。「選ばれたのならしかたがない。捕虜はみな死すべき存在だ。いつ迎えがくるかは、時間の問題にすぎない」

そして手の甲で唇を押さえると、目を輝かせた。

「幼き者たちよ、それは不死者と呼ばれる者たちも同じだ」と、捕虜たちに向かって辛辣なジョークをいった。「やつらもいつかは命の灯を消されるんだ」

ロボットから命令されて、トマスコンは前にでる。そして、ヴェーグランの数歩うしろを歩いた。

「なぜ、われわれは、こんなことを黙って受けいれねばならないんだ？」と、近くにいない捕虜たちにも聞こえるような大声でいった。そして、収容所の敷地の境界線を越えると、周囲を見まわした。エネルギー柵に囲まれたエリアに、数えきれないほどの捕虜が押しよせていた。カンタロに捕らえられた何万もの捕虜たちだ。そのなかには銀河系のあらゆる宙域の種族の代表者たちも交じっている。ほとんどの捕虜が宿舎から出てきていた。「われわれは武装していないが、数では圧倒している。もう一度、戦うべきだ。脱出に成功した者たちもいる。かれらは森のなかにいる」

そう、呼びかけたが、カンタロとロボットに立ちむかう意思を示す者はいなかった。

トマスコンは冷笑を浮かべる。自分の言葉に影響力がないことに気づいたからだ。

「心配するな」といった。「もどってきて、あのなかでなにがおこっているのか説明してやるから」

＊

ホーマー・ガーシュイン・アダムスは、ブロンドの薄毛とグレイの目を持つ、小柄な猫背の男だ。だれもが美容医療の力で外見を変えられる時代において、その容姿は時代遅れのように見える。しかし、〝ヴィッダー〟と呼ばれる組織のリーダーは、自分の容姿について一度も考えたことがなかった。そもそも容姿を重要視していないので、気にもとめていなかった。実際、特殊能力を持つ人格者であるアダムスにとって、醜い容姿はなんの障害にもならなかった。

アダムスは仕事に没頭し、複数のモニターを見つめている。それらは、数百メートルしか離れていない場所の映像を映しだしていた。

惑星ウウレマでは目下、何千体ものロボットがカンタロの基地を建設中だ。ロボットは三百五十名のカンタロに指示されて動いている。そのリーダーはヴェーグランという名のドロイドだった。

「カンタロは、自分たちが、われわれの目と鼻の先で基地を建設していることに気づいていない」と、数時間前に到着したばかりのカール・プレンタネがいった。プレンタネはあらたに任務を引き継いだ開発建築家グループのなかのひとりだ。未開の惑星の開発計画を専門にしている。テラナーが宇宙への進出をはじめた最初の数世紀においては、未開の惑星をどう占拠するかはつねに入植者にゆだねられていた。しかし、その結果、多くの惑星が植民地化され、環境破壊が進んだ。入植者は惑星を支配下に置き、自分たちの理想どおりの形にしようとした。そのため、修復不可能な損害をひきおこした。しかし、現在、テラナーはそのやり方がまちがっていたことを認めている。未開の惑星に入植するさいは、当地の自然と風景と特殊条件に合わせて開発を進め、第二のテラを構築しようという意図は捨てなければならないと考えるようになった。

つまり、未開の惑星開発を調整し、監督する役割を担っているのが、プレンタネのような開発建築家なのだ。惑星ウウレマでは、開発建築家の視点からカンタロの建設計画を分析し、かれらの長期的な目標を見きわめることが仕事だった。

「ここの労働環境は最適です」プレンタネはいった。

「それなら、最初の分析結果が出るまで、首を長くして待つ必要はなさそうだな」と、アダムス。

カール・プレンタネは笑みを浮かべた。リーダーの要求を理解したからだ。

「ご心配にはおよびません。休憩時間が終わったので、これで失礼します」

そういうと踵《きびす》を返して別室へと移動した。そこには、より多くのモニターが設置されていた。隣室と同じように、この部屋も必要最小限、整えられているだけだ。発泡スチロールの断熱材を突きぬけて、岩がむきだしになっている個所もいくつかある。

プレンタネはグッキーに目を向けた。ネズミ＝ビーバーは、大きすぎるシートに横たわり、眠っている。だれかが側をとおりすぎると、左目を開けて確認する。そして、ため息をつくと、また目を閉じて寝返りを打ち、寝息をたてはじめた。

「もっと、仕事をしてくれたらいいのに」開発建築家は、シートにすわりながらモニターに向かってつぶやいた。「わたしがここにきてから、ちびは寝てばかりだ！」

マルテ・エスカットが笑いをこらえる。プレンタネのことはよく知っていた。かれがイルトと理想的な関係を築いていないことも。グッキーの楽観的な態度が気にくわないらしい。不死者であるかれの独特な考えかたを、受けいれられないようだった。

「落ちついて、カール」マルテが注意する。

プレンタネは口をへの字に曲げる。

「もう二十時間以上、起きているんだ。わたしだって眠りたいが、いまはそれどころじゃない」

そして、ふくれっ面で、シートの背に深くもたれかかった。モニターのあいだに置かれている空のコーヒーカップを脇に押しやる。

「まともなコーヒーすらない。もっと前にそれを知っていたら、こんなところには、こなかったのに」

マルテはため息をついて立ちあがると、コーヒーポットをもって同僚のもとへいき、コーヒーを注《つ》いだ。

「とても濃いから」と、注意する。「あまり飲みすぎないでね」

カール・プレンタネはなにも答えない。コーヒーを注いでもらったことにさえ、気づいていないようだ。モニターを見つめ、監視カメラのレンズを調整している。そうやって、捕虜収容所の映像を拡大し、現場でなにが起こっているのかを確認しているのだ。しかし、収容所が騒がしくなり、ロボットが何名かの捕虜を選びだし、仮の遺伝子工場に連行するようすが見えただけだった。カメラをさらに調整して、捕虜たちの顔を拡大するが、どの顔にも見覚えがない。

「いたずらネズミは、寝てばかりいないで、この哀れな捕虜たちを救出すべきだ」プレンタネはつぶやくと、カップを手にとってコーヒーを飲みほした。

「その考えかたはまちがっていると思う」マルテ・エスカットがたしなめるようにいった。「グッキーが捕虜たちを救出すれば、かれ自身だけでなく、組織のメンバーも危険にさらすことになるわ」

「もう、その話は聞きあきた」プレンタネが文句をいう。「仕事はわれわれがして、歴史に名を残すのは、いつも決まってあの連中だ。われわれじゃない」

マルテはほほえむ。

「本当に、わからずやね。もう、話なんか聞いてあげない」

プレンタネは黙っている。左手でモニターを操作しながら、右手でコーヒーを注いだ。マルテは笑みを浮かべながら頭を振ると、自分のシートにもどった。これ以上、議論してもむだだと思ったからだ。

そのとき、グッキーがふたたび片目を開けた。

マルテは、プレンタネがすわっているシートが、勝手にうしろにさがっていくのを見て驚く。

イルトは唇に指をあててウインクをする。

マルテは自分のシートがいつもの位置にあることを確認すると、背もたれに手をかけてすわった。

プレンタネのシートはさらにうしろにさがっていく。開発建築家はもはや、宙に浮いているような状態だ。モニターに向かって作業しながら、次々とコーヒーを飲みほしていく。

そして、さらにコーヒーを注ごうと、ポットを持ちあげた。それと同時に、マルテが自分のモニターに視線をもどし、息をのんだ。巨大ロボットの一群が、山のなかの秘密基地に近づいてくるのが見えたからだ。二台の強大な掘削ロボットが穴を掘りはじめた。

「ロボットが接近してくるわ！」マルテは驚いて叫んだ。「この山に、なにかを建設するつもりよ」

プレンタネが立ちあがろうとする。コーヒーポットとカップを握ったまま、さっきまですわっていたはずのシートがそこにないことに気づく。グッキーは、テレキネシスを使って、かれのからだを支えることを忘れていた。

尻もちをついた開発建築家が上を見あげると、ホーマー・G・アダムスがそこにいた。かれの右足の先は、床にできたコーヒーの水たまりの前にある。

「新メンバーは全員、優秀だと聞いていたが」アダムスは静かにいった。

そのとき、コーヒーがポットにもどって蓋が閉まる。壊れなかったコーヒーカップは、床の上を飛びはねて移動すると、プレンタネの手のなかにもどった。

「いまは、遊んでいる場合じゃないわ」マルテが注意する。「あと数分で、ロボットがここに到達するんだから」

プレンタネは怒りに震えながら立ちあがると、グッキーをにらみつけた。そのあいだに、アダムスはモニターを確認する。そこには、恐ろしい光景が映しだされていた。ロボットは驚異的なスピードで作業を進めていた。

「発見されちゃったみたいだ！」グッキーが甲高《かんだか》い声で叫んだ。

「それはない！」アダムスは基地がバリアに守られていることを、疑っていないようだ。「われわれは敵から発見されないために、あらゆる手をつくした。ここにある機器で高レベルの放射線を放出し、基地を完全におおいかくしている」

「ロボットから基地までの距離は百五十メートル」マルテが冷静に説明する。「この速度で進めば、遅くとも十五分後にはここに到達するでしょう」

「なんてこった。目の前の平原は充分に広い」アダムスが悪態をついた。「二百五十平方キロメートル以上を自由に使えるのに、わざわざこの山を建設現場に選ぶなんて」

「どうしますか？」マルテがたずねた。

「撤退しよう」と、アダムス。「転送機で、ここを去るんだ。特殊装置は持っていくぞ。急げ！　なにをぐずぐずしているんだ？」

ヴィッダーのメンバーが急いで部屋から出ていく。プレンタネはイルトにつまずきそうになる。

「ごめん！」と叫んだ。

グッキーはほほえむ。

「大丈夫さ。きみの頭がよくないことは知っているから」

驚いたことに、プレンタネは笑顔でそれに応え、イルトの皮肉を軽く受けながした。

「おもしろくないな」と、グッキー。「でも、いまは許すよ」

ネズミ＝ビーバーは、プレンタネの意思を尊重し、かれを助けることにした。開発建築家がケーブルにつまずくと、テレキネシスで支えて倒れるのを防いだ。

2

仮設建造物に到着したジェスコ・トマスコンは奇妙な虚しさを覚えた。ふと遺伝子工学センターの建築現場に目をやる。カンタロがこんなにも急ピッチで実験を進めようとしていることを不思議に思った。

「きみたちは、あれが完成するまで待てないのか？」

ヴェーグランに質問するが、答えてもらえない。その代わりにジェスチャーで、先へ進むよう強制された。

建物のなかに入った。大勢のカンタロが遺伝子工学的機器と格闘している姿を想像していたが、そこにいたのは、コンピュータの前にすわり、モニターを確認している二名の女性だけだった。

機器は三段の円形の台の上に並べられている。複数の管が地下へとのびている。赤い物質が、脈打つようにその透明な管のなかを移動していた。

ジェスコ・トマスコンは、ペテ・ルムプルルズの言葉を思いださずにはいられなかった。

「この建物に入った者たちがどうなるのか、これまでいろいろと想像してきたが」と、ヴェーグランに向かっていうと、管を指さした。「いまようやく、わかった気がする」

「おまえは、なにもわかっていない」ヴェーグランは流暢《りゅうちょう》なインターコスモでいった。

そのとき、扉が開いて一台のロボットが入ってきた。トマスコンを真新しい機械が並べられた部屋へ誘導すると、シートにすわらせる。ヴェーグランはその向かいにある背もたれのない椅子に腰をおろした。

「なにをするつもりだ?」トマスコンはたずねた。

「せっかちなやつだ」と、ヴェーグランは答えた。口のなかで小さな棒を転がしている。ときどき開く口から歯が見える。その棒のせいだろう。歯は独特の黄色に染まっていた。カンタロのリーダーは、緊張し、あせっているようだ。追いつめられているようにさえ見える。目にゴミが入ったときのように頻繁にまばたきをする。椅子にじっとすわっていることさえできない。それに気づいたトマスコンは、自分がせっかちだといわれたことを不服に思った。実際にせっかちなのは、ヴェーグランのほうだからだ。遺伝子工学センターがまだ完成していないにもかかわらず、実験を開始してしまうほどあせっているのだ。しかし、カンタロのリーダーを、これほどまで追いつめているものがなんなのかは、わからなかった。

「このわたしが、せっかちだって? 捕虜でない者に、わたしの気持ちはわからない」

トマスコンが反論した。

「首にナイフを突きつけられているのは、わたしのほうだ。しかも、そのナイフを持っているのは、おまえだ。逆のほうが、よっぽどよかったさ」

そのとき、なにかが頭に触れてトマスコンは驚いた。手を上げて、それをつかもうとするが、できない。手は生気を失い、シートのアームレストに乗せられたまま、びくとも動かない。首を反らして、上を見ようとしてもできない。全身が麻痺していた。

もう、おしまいだ！　トマスコンは思った。

＊

「ちょっと待ってください」マルテ・エスカットがいった。「大事なことが」

マルテはホーマー・G・アダムスの脇をすり抜けて、急いでモニターの前にいった。アダムスもそのあとにつづく。別のモニターを一瞥《いちべつ》し、ロボットが高速で接近していることを確認する。あと数分で、ここに到達するはずだ。ロボットが向かってくる振動がはっきりと感じられる。その揺れはしだいに強くなっていく。

「いったい、どうしたんだ？」突然、あらわれたペドラス・フォッホがたずねた。自由商人は眠そうな顔をしている。警報音に起こされたらしい。筋骨隆々の男は、逃げる人々の波をかきわけてここにやってきたのだ。

アダムスが簡単に状況を説明する。

「そして、いま、カンタロの別の船が到着したところだ」と、つけくわえた。「巨大通信設備の部品を運んでいる大型輸送ユニットのひとつかもしれない。この船の到着をずっと待っていたのに！」

フォッホは両手で顔をこすり、眠気を振りはらおうとする。

「よりによって、いま、逃げなければならないなんて」と、いって、大型輸送機の識別シンボルが映っているモニターを見た。「カンタロの計画をじゃましてやりたいですね」

すると突然、静かになった。

「なに？」マルテ・エスカットがつぶやいた。

「ロボットがとまった」と、アダムス。

三人でモニターを見る。

「撤退している」フォッホがいった。

「あと五十メートル進んでいたら、ここに到達していたわ」と、マルテ。そして、安堵の息をついた。「危なかった。間一髪だわ」

「なぜ、停止したのでしょう？」フォッホがたずねた。

「この基地を破壊することが、かれらの目的ではなかったからだ」ホーマー・G・アダムスが答えた。「ここに基地があることは、まだばれていない。この工事とわれわれは無関係だ」

そこに、グッキーがあらわれた。

「ぼくが、みんなに転送機は使わないようにって、いったんだ」ネズミ＝ビーバーがいった。

「いい判断だった」アダムスがほめる。「いまは、カンタロの注意を引くようなことは、すべて避けなければならない。だが、即座に逃げられる態勢はこれからも維持すべきだ。完全撤退の準備はもうすこし整えておく必要がある。まずは、カンタロがいまなにをしようとしているのかを見きわめよう」

「ぼくが、外を偵察してこようか？」イルトが提案する。

「いいだろう」ロムルスが答えた。「情報は多いに越したことはない」

「わたしも連れていってくれ」ペドラス・フォッホが頼んだ。「捕虜収容所で降ろしてくれ。捕虜と話をしたいんだ」

「反乱を起こすつもりか？」アダムスがたずねた。「やめておけ。この数日間、捕虜のためにできることを考えていたが、なにも思いつかない。いまのわれわれには捕虜の面倒を見る余裕がない。安全な場所に連れていくこともできない。残念だが、現状を維持するほかない」

フォッホは沈黙するが、その顔には心の葛藤があらわれている。不死者のアダムスの決定は受けいれがたいが、その判断が現実的であることは認めざるをえなかった。

「もうすこしあとに、エネルギー柵の一部を開けて、捕虜を脱出させてみよう」アダムスが提案する。「それ以上のことはできない。この三十三名で、カンタロと正面から戦うことは無理だ。われわれは劣勢なんだから」

「じゃあ、ぼくはいくよ」イルトはそういうと、外へテレポーテーションした。

マルテ・エスカットはシートに深く腰かけた。

「わたしも外に出ます」ペドラス・フォッホがいった。「建設現場が気になります。あれは、われわれにとって危険です。近くでようすを見てきます」

「わかった。さらなる情報を集めてくれ。で、だれを同行させるつもりだ?」

「マルテ、いっしょにきてくれないか?」フォッホはたずねた。「新鮮な空気を吸えるぞ」

「いいわよ」マルテ・エスカットは答えた。その目は好奇心に満ちて輝いている。彼女はどこにいても注目を集める女性だ。背はフォッホよりすこし低く、髪の色は黒い。前髪と横の髪は短いが、うしろの髪は腰に届くほど長い。

「よかった」フォッホは満足げにいった。「建設機械に詳しいカール・プレンタネも連れていく。三人でいくんだ。それ以上人数が増えると、見つかる可能性が高くなるから」

「そう、いわれるんじゃないかと思っていたよ」いつのまにか、そばにいた開発建築家がいった。「いつも、わたしだけが人より多く仕事をするはめになるんだ」

「きみの文句をありがたくちょうだいするよ！」フォッホは笑う。「さあ、複合銃を持て。いくぞ。グッキーはもう外にいる」

「あいつは充分寝たからな」プレンタネが悪口をいった。「きっと、目を覚ますために外に出たんだ」

そして、フォッホの顔を見た。

「きみも、いま起きたみたいな顔をしている。わたしがこんなに疲れているというのに……」

そして、不満げに口をへの字に曲げた。フォッホとマルテが最後まで話を聞かずに、出ていったからだ。

「きみはいつも行動に出るのが人より遅い」アダムスがいった。「なぜだ？」

開発建築家は唇をかみしめながら、ふたりのあとを追った。ロムルスと口論になれば、自分が負けるとわかっていたからだ。

＊

グッキーは捕虜収容所の宿舎の近くに並ぶコンテナのあいだで再実体化した。それらは、カンタロの宇宙船が周回する軌道から、反重力クランプで運ばれてきたものだった。馬蹄形のクランプがコンテナを降ろし、五つずつ積み重ねていく。

イルトはそのひとつにもたれかかって、積みあげられたコンテナの列を眺める。惑星ウウレマに運ばれてきた資材の多さに驚いていた。

「カンタロはここに巨大な工場を建設するつもりなんだ」と、つぶやいた。そのとき、妙な脱力感を覚えたが、気にしないよう努めた。いつものように意識を集中させて、コンテナのなかにテレポーテーションしようとする。しかし、弾力性のある壁にぶつかったかのように跳ねかえされた。

こんどは、無視できないほどの脱力感におそわれる。テレポーテーションがうまくいかなかったせいかもしれない。跳ねかえされたこと自体は問題ないように思えた。コンテナは隅から隅まで資材で満たされているのだから、うまくいかなくてもおかしくはない。

そして、地面にすわりこんだ。

「どうしちゃったんだろう?」グッキーは目の前にちらつく光を見ながら、かすれ声でつぶやいた。立ちあがる力さえない。

気合いを入れろ！　そう自分にいいきかせた。これはプシ罠ではない。スペース＝ジェットの事件以降、カンタロはプシ能力を有する敵に攻められるとは考えていないはずだ。

グッキーは力を振りしぼって立ちあがると、片方の手でコンテナを押さえながら、歩きはじめた。けれども、脱力感は消えない。そこで、安全な場所にテレポーテーションすることに決めた。二キロメートル離れた場所に見える丘に意識を集中させると、ジャンプした。

二百メートル先までくる。

そのとき、稲妻に打たれたような衝撃がはしった。ふたたび弾力性のある壁にぶつかったような感覚を覚えて、跳ねかえされた。再実体化すると、力つきて地面にくずおれた。

顔に微風があたる。空気は新鮮で、すがすがしい香りがする。有毒なガスは出ていないようだ。

何度か深呼吸をすると、すこし気分がよくなった。脱力発作についてはそれ以上考えないようにする。どこからか漏れでたガスを吸いこんだせいで起きたのかもしれない。危険は回避できたと思うことにする。頭を振って気合いをいれなおし、数歩歩いた。すると、ふたたび元気になった。

二体の箱型ロボットが、高台に置かれたコンテナの前で作業をしている。小型の反重力クランプを使って、大型ユニット用の機械部品をとりだし、低地にある台座の上で、それらを組みたてているのだ。ロボットは石や梱包材が散らばった斜面を、いったりきたりしていた。

グッキーは静かにロボットを観察していたが、しばらくすると、じっとしていられなくなる。ロボットが急いで斜面をおり、機械部品を低地に運ぼうとしたそのとき、テレキネシスで大きな石のひとつを数センチメートル持ちあげた。石をまたぐ瞬間だったため、ロボットは石につまずき、バランスを崩して倒れ、斜面を転がり落ちた。通常なら、そんなスピードで転がり落ちることはなかっただろうが、イルトがすこしトリックを使ったのだ。その結果、ロボットは坂道の終わりにあった岩に激突し、四本の脚をばたつかせて、最後には動かなくなった。

もう一体のロボットが救助を試みたが、同じように石につまずいて故障した。

グッキーは不満そうに、現場を見つめる。二体のロボットを破壊しても、いつものように楽しくないのだ。ふたたび脱力感におそわれていた。

「ちっともおもしろくない」と、ロボットの残骸に向かっていった。「ちょっとくらい楽しませてくれたっていいじゃないか！」

グッキーは壊れたロボットを無視してコンテナの前にいき、よじ登って、なかに入った。テレキネシスでさまざまな機械部品の梱包を解いていく。カンタロがウウレマに輸送してきたものの正体を見きわめようとする。しかし、それは困難だった。

「部品を見るだけじゃダメだ」グッキーはつぶやいた。「なんだかさっぱりわからない。ロボットが大型ユニットを組みたててしまうまで待てばよかった」

しかし、後悔しても遅い。コンテナを出ると、同じ型のロボットがさらに四体近づいてくるのが見えた。隠れてロボットを観察するために、コンテナの列のうしろにテレポーテーションした。

けれども、観察などできる状態ではなくなってしまった。

まるで超心理能力を使いはたしてしまったかのような感覚におそわれる。安全な場所を選んで、そこに移動すると、脱力して立っていられなくなり、地面にくずおれた。だれも近くにいないことを確認すると、横たわったまま深呼吸をくりかえした。

突然、グッキーはその脱力感が神経ガスのせいではなく、超心理能力を使いすぎた結果生じたものであることに気づく。

信じられない思いで、自己考察をはじめる。

説明のつかない現象が起こっていた。この数分間、超心理能力はすこししか使っていない。本来なら、エネルギーの消耗を感じるはずがない。

変だ、と、困惑しながら思う。まるで、血を吸いとられているようだ！

コンテナで運ばれてきた機械のせいではないか。そんな疑念がふと頭をよぎった。脱力感を生じさせるなにかが、そのなかにあるのかもしれない。

グッキーは防護服の反重力装置を起動して浮かびあがると、コンテナの列に沿って、山に向かって進んだ。二キロメートル進むと、仮設建造物らしき建物が見えた。そのそばに着陸すると、反重力装置のスイッチを切った。

男性二名がピラミッド型ロボット二体とともに建物から出てきた。イルトはそのうちのひとりがカンタロであることに気づく。もうひとりはハゲ頭のテラナーだ。テラナーは不安定な足どりでカンタロの前を歩き、捕虜収容所へ向かっていた。

イルトはカンタロの思考を読みとろうとはしない。身体機能の大部分がシントロニクス・モジュールによって制御されているカンタロは、必要に応じて思考活動を、有機体の脳からシントロニクス・プロセッサーの集合体に切りかえることができる。その場合、テレパシーを使った調査はうまくいかない。

グッキーはハゲ男を見つめた。

ジェスコ・トマスコンという名であることがわかる。カンタロから拷問を受け、最後に頭を剃りあげられたのだ。それに対して極度に怒りを感じている。

同行者のカンタロは、ヴェーグランという名の作業リーダーだが、それ以上の情報は得られなかった。

イルトには原因がわからない。通常なら、トマスコンの思考を完璧に読みとることができるはずだ。メンタル安定性が高い男ではない。それなのに、思考の深部に入りこむことができないのだ。よって、その原因はトマスコンにあるというよりは、むしろ自分自身にあると考えるのが妥当だった。

つまり、ネズミ＝ビーバーはテレパシーを使った調査をおこなえないほど疲労困憊《こんぱい》していたのだ！

グッキーはふたりがエネルギー柵に到達するまで観察をつづけた。すると、柵に亀裂があらわれ、ロボットのうちの一体が、柵にできた隙間めがけてトマスコンを蹴とばした。男は叫び声をあげて両手を前に投げだし、地面を転がった。亀裂が閉じると、ハゲ男は罵倒しながら立ちあがった。ヴェーグランは踵を返して去っていった。

＊

森のなかで、動物たちの鳴き声がこだましている。ペドラス・フォッホとマルテ・エスカットとカール・プレンタネは、山のなかの秘密基地から出たところだ。三人ともグラヴォ・パックが装備された軽量の防護服を着ている。藪のなかを静かに浮遊しながら進んでいた。

カール・プレンタネが手をあげて、注意をうながす。目の前に全長十メートルのトカゲがあらわれたからだ。鎧《よろい》をまとった怪物は、低い鳴き声をあげながら藪のなかを進んでゆく。人間にはまったく興味を示さない。

「お腹がいっぱいのようね」と、マルテ・エスカットがいった。「あの大きなお腹を見て」

「この怪物がロボットを食べないのは残念だ」ペドラス・フォッホがため息交じりにいう。「もしそうなら、カンタロの基地がいい餌場《えさ》になったのに」

「捕虜収容所が、エネルギー柵で守られていてよかった」と、プレンタネ。「そうでなければ、何百ものトカゲが簡単に捕れる獲物を求めて、このあたりをうろついていただろうからね」

マルテは、その言葉を聞いて身震いした。エネルギー柵にそんな役割があるなんて思いもしなかったからだ。捕虜たちの逃亡を防ぐための柵としか見ていなかった。

「そんなふうに考えるのはよせ」フォッホは冷たい口調でいうと、プレンタネに非難の目を向けた。「捕虜を凶暴なトカゲから守ってくれているカンタロに、感謝しなければならなくなるだろう」

開発建築家は唇をかみしめた。そして、トカゲから安全な距離を保つために、トクサの木の梢まで浮上した。

「なにをやっているんだ。そんな高いところにいったら、カンタロに見つかると思わないのか?」フォッホが叫んだ。そして、トカゲを避けるように脇によると、安全な場所に身を隠した。

プレンタネはふたたび下降し、ふたりが自分に追いつくのを待つ。

「軽率な行動は、チームを危険にさらすぞ」フォッホが叱った。水色の目でにらまれると、プレンタネは思わず身をすくめた。「もう一度そんなことをしたら、基地に送りかえすからな」

「ごめん」建築家はいった。

「もういい」フォッホはしぶしぶプレンタネを許す。「さあ、いくぞ！　急がないと、基地の前の工事が再開されるかもしれない。受け身の態勢はそろそろやめて、積極的に行動するぞ。われわれが主導権を握るんだ」

そこは建設現場から二百メートルしか離れていなかった。現場はいまのところ静かだ。プレンタネはフォッホとマルテについていく。ふたたび叱られたくはなかったからだ。けれども、未開の惑星に棲む凶暴なトカゲが恐くてしかたがない。上を向くと、枝のあいだにも、小型の飛行トカゲが大量にいるのが見える。この惑星では、鳥に進化した生物はまだいないようだ。トカゲのほとんどは、木の皮にかぶりつき、昆虫を探していた。

フォッホはプレンタネがトカゲを恐れていることに気づく。

「大丈夫だ。トカゲは人間に興味を持っていない。わたしが以前いた惑星なんかは、人間が近づくと動物が騒ぎだすので、敵の基地に近づくことさえできなかった。結局、撤退するしかなかったんだ」

三人は山の側面にできた地溝に沿って進んだ。木と藪でおおわれているため、うまく身を隠すことができる。そこにもいろいろな種類のトカゲがいたが、そのほとんどは体色を周囲の環境に合わせているため認識できない。

マルテは、山に逃亡した捕虜たちのことを考えていた。彼女自身はその脱走を目撃してはいない。当時はまだ《クイーン・リバティ》に乗船していたからだ。けれども、逃亡の話だけは聞いていた。逃亡者たちのその後については、これまで考えたこともなかったが、目の前の光景を見ると、生存は絶望的に思えた。武器を持たずに、凶暴なトカゲから身を守ることは不可能に見えた。

フォッホが腕を上げて注意をうながす。数メートル先に建設現場があらわれる。木のあいだから複数の建設機械が見えた。

マルテはゆっくりと前に進む。サイバネティカーである彼女は、カンタロのロボットの知能レベルを突きとめようとする。

それを調べれば、ロボットの危険度を評価することができるからだ。

突然、マルテのすぐ側で葉がすれる音がした。望遠鏡に似た脚が四本ついた卵型ロボットが立ちあがった。三つの手のひとつにエネルギー・ブラスターを握っている。

マルテは、ウウレマの恒星の光が対物レンズに反射したのを見て、ようやくブラスターの存在に気づいた。その時点で、プレンタネはすでに行動を起こしていた。分子破壊モードに設定された銃でロボットを撃ち、破壊した。ロボットは大きな音を立てて藪のなかに倒れた。

フォッホが急いでロボットに駆けよる。藪のなかに入ると、灰の山と化すまでロボットを撃ちつづけた。

「どこを撃ったの？」マルテがたずねた。

「上の方」開発建築家が答えた。「卵型ロボットのからだの上部を撃った。なぜ、そんなことを訊くんだい？」

「コンピュータ部分に命中していれば、ロボットは司令部に報告を送ることができなかったはず。でも、撃たれてから、中央知能が機能している時間がすこしでもあったのなら、カンタロはもうこの報告を受けとっているにちがいないわ」

「でも、撃つしかなかった」プレンタネが弁解する。「あのロボットは、きみを狙っていたんだ」

「だれも、おまえを責めていない」と、フォッホ。「急いでここを去ろう。数分後には、追跡調査のためのロボット部隊が到着するだろう。基地が発見されることだけは、なんとしてでも阻止するんだ」

フォッホが急《せ》かすので、三人はすぐに充分な隠れ場がある森のなかへもどった。山の周囲に沿って進み、迂回する。こんどは反対側から建築現場に近づいた。

「なにも変わりない」プレンタネが小声でいう。「気づかれたようには見えない」

建築現場はたしかに静まりかえっていた。山の側面に巨大な穴を掘ったり、地ならしをしたりしていた巨大ロボット掘削機もいまは停止している。

「先が読めないな」と、フォッホ。「工事は終了したのか？　それとも、さらに山を掘りすすめて、秘密基地でもつくるつもりなのか？」

「それを突きとめないと」マルテが落ちついた口調でいった。「コンピュータのひとつをハッキングすれば、わかるわ」

「そんなことをしたら、怪しまれるだけだ」プレンタネが反論する。

マルテはフォッホを見た。

「リスクをとるべきかしら？」

フォッホは答えない。

「見つかったらどうするつもりだ？」と、たずねた。

「捕虜だといいはるわ。心配しないで。尋問されても本当のことはいわないから」

「建設機械を見てくれ」プレンタネが注意を喚起する。やつれた顔はほてり、暑くもないのに額から汗を流している。「個々の機械は、ほかの機械を少なくとも一台監視できる位置にある。ただ、あそこにある隆起した小型機械だけがほかの機械から離れた位置にある」

「あの小型機械だけが藪におおわれている」フォッホが指摘する。「ハッキングするにはもってこいの機械かもしれない」

「あれは罠だ」開発建築家が断言する。「近づけば、警報が鳴るにちがいない」

「それはきみの憶測だろ」と、フォッホ。

「そのとおりだ」プレンタネが認める。「それでも、罠だと思ってしまうんだ。あっちの巨大ショベルを選ぶべきだ。わたしの見方が正しければ、その主制御ユニットはマイクロ重力発生装置のすぐ上にある。かなり低い位置にあるから、ほかのロボットに気づかれずに接近できるだろう」

マルテはプレンタネに向かってうなずいた。

「あなたのいうとおりだわ、カール。見事な分析よ。そうしてみるわ」

マルテは前かがみになって静かにショベルに近づく。グラヴォ・パックを巧みに使いこなし、一枚の葉も揺らさず、音も立てずに藪をとおりぬけた。

3

デニス・ペターはハゲ男の肩をつかむと、その顔を食いいるように見つめた。

「おまえはだれだ？」と、たずねた。「やつらになにをされた？」

ジェスコ・トマスコンは顎に手をあてて、もう何年もやってきたように、長い髭を肩になでつけようとしたが、髭がないことに気づいて手をとめた。そして、文句をいいはじめた。

「丸坊主にされたんだ」と、どなった。「これを見てくれ！　眉毛一本残っていない。まつ毛まで切られなかったのは奇跡だ」

「トマスコン？」武器マイスターは頭を振りながらたずねた。「ジェスコ・トマスコンなのか？」

「どこかに目を忘れてきたのか」ハゲ男はどなりかえした。

「髭がないと、ずいぶん若く見えるな」と、デニス・ペター。「目を見てやっと、きみだとわかったよ。あざだらけで、顔がよくわからなかった」

「殴られたんだ」トマスコンが説明する。「やつらのロボットに、立てなくなるまで殴られつづけたんだ。だが、いまに見ていろ。かならず、復讐してやる！」

そのとき、ペテ・ルムプルズがうつむいたまま、トマスコンを囲む野次馬たちの前をとおりすぎた。

「でも、きみは殺されなかった」と、つぶやいた。

「殺されたほうがよかったさ」トマスコンが怒りの声をあげた。「そうすれば、この世界から、おさらばできたのに。それにしても、やつらがわたしを選んだ理由だけは気がかりだ」

そして、周囲を見まわした。みな困惑した表情を浮かべている。どう反応したらいいのか、わからないようだ。

「このなかに、やつらと通じている者がいるにちがいない」ハゲ男は語気を強めていった。

「そう簡単に仲間を疑うな」デニス・ペターがかれの腕をつかんだ。

トマスコンはその手を振りはらった。

「わたしはカンタロの悪口をいくつかいった。そしたら、すぐに、ウウレマでもっとも偉いドロイドの作業リーダー、ヴェーグランがここにやってきた」

「だから、どうだっていうんだ？」

「あの男を見ただろ。テラナーとそっくりだ。見た目はわれわれとほとんど変わらない。捕虜の恰好をして、このなかに紛れこんでいても、だれも気づかないだろう」トマスコンはふたたび周囲を見まわす。百名以上の捕虜が集まっている。ほとんどはテラナーに属する種族だが、スプリンガー、アラス、アコン人、アルコン人、ブルー族、そのほかの銀河系の種族の代表も混じっていた。「もしかすると、そいつは仮面をかぶっているかもしれない。見た目だけでは判断できない」

武器マイスターのペターの顔から血の気が引く。

「きみのいうとおりだ」と、答えた。「カンタロはエネルギー柵の外にしかいないと、勝手に思いこんでいた。このなかにいるわけがない、と。これからは、もっと警戒心を持つことにするよ」

「やつらのところで、気づいたんだ！」トマスコンは大声でそういうと、こぶしを強く握った。「連行される前に、わたしと話した捕虜は多くない。ぜんぶで二十名くらいだ。そのなかのだれかが、カンタロのスパイにちがいない」

「そうかもしれない」ルムプルズが口を開いた。「でも、いまとなっては、それがだれかを見つけることは不可能だ」

「いや、不可能じゃない」ハゲ男が反論する。「たとえば、きみもそのなかのひとりだ。デニスもそうだ。きみたちも、わたしと話したほかの者の名前を何名かあげられるだろう。その何名かも別のだれかの名前をあげられるはずだ。つまり、全員に訊けば、だれがわたしと話したかは特定できる」

ペテ・ルムプルズは頭を振ると、踵を返して、そこを去ろうとする。トマスコンがほかの捕虜たちに合図したのを見ていなかった。しかし、周囲の者たちがいっせいに退いたので、おかしいと気づいた。

そして、立ちどまった。

「いったい、どうしたんだ？」と、困惑してたずねた。

「それは、こっちが訊きたい」デニス・ペターが答えた。

「きみは愚者を演じているのか、それとも本当にそうなのかを知りたい」トマスコンがいった。

ルムプルズはハゲ男を見つめながら、あとずさりする。すると、行く手をはばもうとする高身長の男にぶつかった。

「わたしがなにをしたというんだ？」と、訊いた。「われわれはみな同じ捕虜じゃないか」

「それが本当かどうかを、みんな疑っているんだ」と、ハゲ男は答えた。そして、大股でルムプルズに近づくと、肩をつかもうとする。ルムプルズは即座に身をかわすと、捕虜たちを押しのけて逃げた。二十メートル進んだところで、若い女性に足を引っかけられて、頭から倒れた。

次の瞬間、トマスコンはルムプルズの上におおいかぶさっていた。

「おまえはカンタロのスパイだ」息を切らしながら叫んだ。「われわれの話をぜんぶやつらに報告しているんだ」

そのとき、ルムプルズが驚くべき力を発揮する。からだを起こして、鳥のように腕を広げたかと思うと、ボールのようにトマスコンを投げとばした。しかし、ハゲ男にコンビネーションをつかまれていたため、肩の部分の布が破れた。布がめくれて、背中が見え、四角形のあざがあらわになった。

「アンドロイド！」デニス・ペターが叫んだ。近くにあった木の枝をつかみ、頭上で一度まわしてから強打する。ルムプルズは攻撃をかわそうとしたが、枝は額に命中した。よろめいてあとずさりする。けれども、倒れはしなかった。

トマスコンがバネじかけの人形のように起きあがる。うしろからアンドロイドに飛びかかり、両拳で四角形のあざをなぐった。人造人間は倒れた。

「気をつけろ」武器マイスターが警告する。「スパイを殺したら、カンタロがなにをするかわからないぞ」

捕虜たちはルムプルズから離れた。トマスコンだけがまだそばにいる。指をアンドロイドの背中に食いこませて、体内にあるプレートの先端を探す。先端を見つけると、指をその下に押しこんでプレートをつかみ、引きはがした。

「落ちつくんだ」数名の悲鳴を聞いて、トマスコンがいった。「アンドロイドは神の創造物ではない」

「からだをひっくり返せ」ペターはそういうと、ハゲ男に近づいた。

トマスコンはスパイのからだをつかんで、仰向けにさせた。

「死んでいる」武器マイスターがいった。

そばにしゃがみこみ、頸動脈の脈をたしかめようとするが、無意味だとわかって、すぐにやめた。

「思ったとおりだ。裏切り者がわれわれの話をすべてカンタロに報告していたんだ」トマスコンがいった。「スパイは、ほかにもいるかもしれない」

＊

マルテ・エスカットは突然、なにかが変わったと感じる。建設機械から数メートル離れた場所にいた。本来なら、カール・プレンタネが彼女のあとをついてくるべきなのだが、ペドラス・フォッホのそばで待機していた。

マルテは機械の前で立ちどまって、耳を澄ませる。鼻で静かに息を吸い、意識的に異世界の香りをかいだ。そよ風が吹いてくる。それに乗って運ばれてきた奇妙な臭いに気づくと、不安になった。

慎重に周囲を見まわす。

てのひらほどの大きさのトカゲが、落ち葉の下から出てきて、かすかな音を立てながら去っていった。緑と青色の背中が輝いている。

マルテはほほえんだ。

「恐がらないで」と、つぶやいた。「なにもしないから」

静かに前進し、建設機械に触れられる位置まで移動する。プレンタネが指摘した部分を見つめながら、かれがついてこなかったことを不思議に思った。

不快な臭いが混じった暖かい風が顔にあたる。マルテは恐くなって、振りかえり、周囲を確認した。

「なにかがいる」マイクロフォンに向かって小さな声でいう。

「ここからは、なにも見えない」フォッホの声がイヤフォンから聞こえた。

「気をつけて」と、マルテ。「なにかが近くにいるような気がするの」

そして、ふたたび建設機械に目を向けると、マイクロ重力発生装置の下のコンパートメントを開けた。コンピュータ・コンソールが見える。手を伸ばして、記憶ユニットを手前に引きよせた。

風がまた不快な臭いを運んできた。胃が収縮し、息苦しさを感じる。マルテがしばし記憶ユニットをとりだすのをためらっていると、すぐそばで地面が割れた。そこから巨大な鳥が鳴き声をあげながら顔を出した。極度に湾曲したくちばしは、彼女の背丈ほど大きい。

ありえないわ！　心のなかで叫んだ。この惑星に鳥はいないはず！

マルテは記憶装置を引きぬいた。それはおや指くらいの大きさの薄いディスクだった。鳥の攻撃をかわそうとするが、遅すぎた。背中にくちばしが直撃し、衝撃とともに激しい痛みがからだをつらぬいた。なにかが砕けるような音がして、地面がなくなったかのような感覚を覚える。防護服が制御不能になり、横向きで地面に倒れた。

グラヴォ・パックが破壊された！　マルテは絶望する。

鳥は鳴き叫びながら、マルテのからだの下からはいでようとする。彼女を脇に押しやり、鋭い爪のついた巨大な前脚を地面から突きだした。そして、ついに毛むくじゃらの巨大な全身をあらわした。

マルテは脇に押しやられた勢いで藪のなかを転がり落ちる。とまろうとするが、できない。下草のなかに横たわる腐食した木の幹にぶつかってようやくとまることができた。そのとき、木が砕ける音がした。悪臭をはなつ木のくずと無数の虫が、空中に舞いあがった。

マルテは目を見開いた。

鳥だと思っていた動物が、二本の筋肉質の前肢と二本の湾曲したあと肢を持つ巨大なトカゲとして目の前にあらわれたからだ。毛むくじゃらの尾の先端部には鱗《うろこ》状のトゲが無数にある。尾が地面を叩くと、深さ一メートルの穴ができた。

マルテが逃げようとすると、トカゲの尾が鞭《むち》のように飛んできた。そのトゲにあたりそうになって叫び声をあげた。

「伏せろ！　動くな！」フォッホが叫んだ。「自分がどこにいるのか、わからないのか？」

かれはプレンタネといっしょに木の陰に身をひそめている。ようやくマルテは自分がどこにいるのかを理解した。建設機械のそばの洞穴から、拳くらいの大きさのトカゲが数十匹飛びだしてきた。どのトカゲも鋭く曲がったくちばしを持ち、鳥のような顔をしている。そのうちのいくつかには、まだ卵の殻がついていた。

信じられない！　マルテは震えながら思う。よりによって化け物の巣に転がりこむなんて！

「できることなら、発砲するな！」フォッホが無線で命令する。「カンタロに気づかれるぞ」

「あなたたちはここにいないから、そんなことがいえるのよ」マルテが不満を吐きだす。鞭のように飛んでくる尾を避けて身をかがめた。「そっちは安全でいいわね」

そして、四つん這いになってあとずさりし、トカゲから徐々に離れた。トカゲが追いかけてこないのを見て安心し、安堵のため息をついた。トカゲは子供を守ることができさえすれば、それでよかったようだ。

「まだ、仕事は終わっていないぞ！」プレンタネが叫んだ。「建設機械から情報を入手するんだ」

そこでマルテは我に返った。コンピュータからデータ記憶媒体をとりだしたことを思いだす。

あれはどこに消えてしまったのか？

＊

グッキーはふたつのコンテナのあいだにしゃがみこみ、捕虜収容所を偵察していた。捕虜たちの身に起こっていることには興味がない。知りたいのは、ウウレマへ運ばれてくるコンテナの中身だ。それはまだ突きとめられていなかった。

探知装置を避けて、五十メートル進む。けれども、それだけで疲れはてて、またしゃがみこんだ。長いコンテナの列の端に身を隠す。そこからヴィッダーの基地のそばの建設現場と、その反対側にある海が見えた。カンタロが海辺に宇宙港を建設中であることがわかる。巨大なロボットが広大な敷地をたいらにし、頑強な着陸床をつくる準備をしている。そのほかの機械はさまざまな建物の基礎づくりをしていた。立ちならぶ倉庫が、宇宙港と捕虜収容所の境界線をなしていた。

イルトはさまざまな場所で作業するロボットを観察する。

「カンタロは急いでいるみたいだ」と、つぶやいた。「むだなことはいっさいしていない」

ふたつのローラーで動く、全長三十メートルの積載ロボットが近づいてきた。その前端に建てられた金属棒の上では、無数のレンズがついた球体が動いている。

グッキーはあとずさりし、コンテナの陰に身を潜めた。レンズに捉えられなかったことを祈る。

ロボットがさらに近づいてきたので、反重力装置のスイッチを入れて、最速で動けるよう準備した。すると、装置が突如うなりをあげた。イルトはすぐに装置を切った。そして、力を振りしぼって五百メートル離れたコンテナの列の近くにテレポーテーションした。

急な斜面に再実体化すると、そのまま砂地を転がり落ちた。その下では、二体の蜘蛛型ロボットが待機し、二本の腕を持ちあげ、鋭い爪をこちらに向けている。

いつものイルトなら、テレキネシスでロボットを無力化し、警報が発せられるのを阻止することができただろう。けれども、今日は疲れているため、超心理能力は使わない。

その代わりに、コンビ銃で二体のロボットを破壊した。

「きみたちが、ぼくの映像をカンタロの司令部に送っていないことを祈るよ」といって、銃をホルスターにもどした。

そして振りむくと、ジャンプした先がコンテナの列のそばだったことを思いだす。コンテナの扉は開かれ、一部の荷物の保護カバーはすでにとりはずされていた。

「やったー！」と、グッキーは叫んだ。「まさに、これを探していたんだ」

ネズミ＝ビーバーは重要な情報を得られるかもしれないという喜びに浸って油断する。反重力装置のスイッチを入れると、コンテナに向かって上昇し、そのなかの一台の機械に着地した。機械を調べはじめて、ふと顔を上げる。四方からいろいろな型のロボットが近づいてくるのが見えた。

「ごめん、ロムルス」グッキーはつぶやいた。「このままじゃ見つかっちゃう。ぼくたちがまだこの美しい星にいることがばれてしまう」

イルトはロボットがコンテナに到着するまで、あと二分あると判断し、調査をつづける。いくつかの藪を危険ボーダーラインと見なし、ロボットがそこに到達したら逃げることに決めた。残り時間が数秒になったところで、決定的な発見をした。見たことのある装置を見つけたのだ。

「もし、これがハイパー通信装置でなかったら、ブリーにぼくのことをイタチと呼ばせよう」と、叫んだ。「カール・プレンタネから〝いたずらネズミ〟って呼ばれても、許してやる！」

グッキーは背の高い装置から跳びおりると、反重力パックを作動させて高速で移動した。上空からロボットに向けて、手に持っていた小さな部品を投げつけた。一体のロボットがエネルギー・ブラスターをかまえるのが見えたが、撃たれる前にテレポーテーションした。いつものように、目的地について深く考えることなく、本能にしたがいジャンプする。しかし、今回は思ったほど遠くにはいけなかった。エネルギー柵の末端部で再実体化すると、脱力感におそわれて数秒間意識を失った。

建築現場のどこかでサイレンが鳴りひびく。仮設建造物から十名のカンタロが出てきた。外見はみなテラナーにそっくりだが、目と目が極度に離れている。マイクロ重力発生装置を使って、ネズミ＝ビーバーが発見されたコンテナに向かう。

意識をとりもどしたイルトは、自分がどこにいるのか思いだすことができない。

「おい、ちび！」と、だれかが近くで叫んだ。

グッキーはまばたきをする。恒星が地平線に沈みつつあるが、気温はまだ高い。そのせいで陽炎《かげろう》が発生し、数歩先にいる者たちの輪郭さえゆがんで見えた。

「どうしたんだ、ちび？」と、同じ声でふたたびたずねられた。

グッキーは数回、深呼吸をする。意識がはっきりしてくると、すぐに捕虜収容所のエネルギー柵のそばにテレポーテーションしたことを思いだした。柵の向こう側にいる二十数名の男女がこちらを見つめている。身長一・五メートルの小男が手を振っている。肩まで伸びた赤いブロンドと真っ赤な鼻が特徴的だ。グッキーに声をかけたのは、その男だった。

「ぐあいが悪いのか？」と、男はたずねた。「こっちにこい。助けてやる。やつらは、きみがここにいるとは思っていないだろう」

グッキーは周囲を見わたす。そこはコンテナの陰になっていた。ロボットの姿は見えないが、カンタロが捜査を開始したことはまちがいない。反重力パックを使って柵を越えようと思うが、見つかるおそれがあるため再度テレポーテーションすることに決めた。

「ぼくがそっちにいくよ！」と、囚人たちに向かって叫んだ。「かくまってくれ。ぐあいが悪いんだ」

イルトはジャンプする。すぐに沼に沈みこむような感覚におそわれた。男たちの手が自分の腕や脚に触れるのを感じる。声が聞こえるが、内容は理解できない。目を開けようとして、すでに開いていることに気づく。なにも見えない。とはいえ、安全な場所にいることだけはわかった。脱力感に身をまかせると、意識は徐々に遠のいていった。

4

マルテ・エスカットは危機を脱したように見えたが、状況はすぐに一変した。孵化したばかりのトカゲの子が藪の下から飛びだし、肩に突進してきたのだ。反射的に手でそれをはらいのけようとした姿が、母親のトカゲには子供への攻撃に見えたらしい。トカゲはうなり声をあげて振りかえると、巨大な頭を起こし、マルテに襲いかかった。

ペドラス・フォッコホが急いで複合銃を手にとり、発砲する。ライトグリーンの分解光線が藪をつらぬき、トカゲの頭部に直撃した。光線は脳に達し、トカゲは即死した。

マルテはすぐにからだを起こして逃げようとするが、グラヴォ・パックなしではすばやく動くことができない。トカゲの死体が倒れてきて、その下敷きになった。

カール・プレンタネが罵《ののし》る。

「なんてこった！」と叫ぶと、フォッコホとともにトカゲに駆けよった。「カンタロとロボットがくる前に救出しないと」

「発砲音はやつらにも聞こえたはずだ」と、フォッコホ。「急ごう。トカゲを動かすのは無理だから、分子破壊ビームでいっきに粉砕するぞ」

ふたりはすぐに行動に出る。分子破壊ビームで、トカゲの死体の肉を徐々にはがしながら、マルテに近づいていく。

「われわれはもう、まちがいなく探知されているぞ」と、フォッホ。「とんでもないことになった」

「必要な情報を、まだ入手できていないのに」

「そんなことは、いまはどうでもいい」

フォッホは反重力パックを活用して死体を押しのけようとするが、びくともしない。

「急げ！」と叫んだ。「もう時間がないぞ」

そして肉の一部を切りはなすと、プレンタネとともに最後の肉の塊りに突進し、ついに死体を押しのけることに成功した。肉の塊りが横に転がり、若い女性がその下からあらわれた。

フォッホはひざまずく。

「まだ息をしている！」と叫んだ。「すぐに基地に連れてもどろう」

そして、慎重に彼女を抱きあげた。

「体内に傷を負ったかもしれない」プレンタネが推測する。「でも、アダムスがすぐに彼女を《クイーン・リバティ》に搬送すれば、まだ助かる見こみはある」

フォッホはマルテを腕に抱いて森を抜け、基地に直行した。プレンタネは慎重に森の上まで上昇し、そこから、カンタロの建築現場をのぞきこんだ。飛行ロボットの大群が近づいてくるのが見えた。

「大変だ!」と、フォッホに追いつくと叫んだ。「ロボットの大群が近づいてくる」

「やつらの気をそらせ。建設現場にいけ! そこで、なんでもいいから破壊して、森へ逃げろ! 森でしばらく待機してから基地にもどってこい」

プレンタネは青ざめた顔でフォッホを見つめた。同じ方向に浮遊しながら、次の行動に出るのをためらっている。

「なにをぐずぐずしているんだ!」フォッホが叫んだ。

「まったく」プレンタネが文句をいう。「とばっちりをくらうのは、いつもわたしだ!」

そして、方向転換をすると、森を越えて斜め上に飛びあがり、ロボットたちに自分の姿が見えるようにした。そのあと、すぐにふたたび降下し、北へ逃げた。その途中、しつこい敵を退けるかのように、何度もエネルギー・ブラスターを撃った。

*

デニス・ペターはジェスコ・トマスコンの肩をつかんで、振りむかせた。

「裏切り者が、ほかにもいるかもしれない」と、興奮していった。「脱走しよう。できるかぎり早く」

ハゲ男は立ちあがった。険しい表情で周囲を見まわす。だれもいない。事件を目撃していた捕虜たちは、すでにいなくなっていた。

「きみのいうとおりだ」と、トマスコン。「やつらはもうすぐここにやってくる。人造人間のからだはシントロニクス・スイッチユニットで満たされているからな。これを殺人と呼んでいいかはわからないが、この殺人事件はもうカンタロに報告されているだろう」

「それを、わたしもいいたかったんだ！」武器マイスターは隣りで走りながら叫んだ。

「いまカンタロに捕まったら、即刻、処刑されるぞ」

トマスコンは大声で笑った。ふたりは宿舎のひとつに逃げこんだ。

「なにがおかしい？」デニス・ペターは息を切らしながらたずねた。「追われるのが、そんなにおもしろいか？」

ハゲ男は粗末なベッドのひとつに潜りこんだ。そこにいたほかの捕虜たちは、ふたりから離れた。

「やつらは、わたしに屈辱をあたえたかったんだ。だから、丸坊主にして、拷問した。あのとき、わたしは復讐すると誓った。自信があったわけではなかったが、いまはある。

やつらのスパイを打ち負かすことに成功したんだから」

そして、立ちあがった。デニス・ペターは相棒の体力に驚く。かれ自身はまだ息が切れているのに、トマスコンはすでに通常の状態にもどっていた。

「われわれを避けるな！」ハゲ男はほかの捕虜たちに向かって叫んだ。「それこそが、カンタロが望んでいることだ。やつらは捕虜をいくつかのグループに分断しようとしているんだ。このなかには、仲間を見捨ててでも、自分の身を守りたい臆病者がいるからな。でも、もしきみたちが団結し、われわれふたりをかくまってくれるなら、やつらの目をくらますことができる」

「かれのいうとおりだわ」ベッドのひとつにすわっているブロンドの女性がいった。「臆病者みたいにふるまうのはもうやめましょう。カンタロに屈してはならない」

トマスコンはペターに合図を送り、宿舎の中央にある通廊を進んだ。こんどは、だれもふたりを避けない。トマスコンと武器マイスターを通すために、すこしだけ脇によっただけだった。

全長二百メートルの宿舎の中心部までくると、黒髪の少年がふたりに近づいてきた。

「ジェスコ、提案があるんだ」と、少年はいった。

「どうした、坊主？」

「隣りの宿舎にいったほうがいい」少年は別の宿舎を指さしていった。「あそこには毛むくじゃらの生き物が隠れている。グッキーという名で、ペリー・ローダンの親友だといっている」

トマスコンは手でハゲ頭をなでた。ふたりの名前は知っていた。公けの歴史史料によると、かれらは死んだとされていた。

「本当か、坊主?」と、驚いた顔でたずねた。

「嘘じゃない、ジェスコ。さっきまで、ぼくは隣りの宿舎にいたんだから。目の前でグッキーの話を聞いた。ぐあいが悪いんだ。助けが必要らしい。カンタロに見つからないよう、みんなでかくまっている」

トマスコンは笑った。ペリー・ローダンに特に関心を持っているわけではなかったが、数世紀分の歴史史料を読んだときは、ローダンとその仲間たちを賞讃せざるをえなかった。ネズミ＝ビーバーのグッキーもそのなかのひとりだった。

「信じられない!」トマスコンはうれしそうに叫んだ。そして、武器マイスターの腕をつかんだ。「デニス、いくぞ!」

ふたりは窓のひとつに駆けよった。窓を開け、外をのぞくと、宿舎周辺の風景はいつもどおりであることがわかる。窓から飛びおりると、隣りの宿舎に向かって走りだした。

「聞こえるか?」ペターが呼びかけた。「スパイの死体がある宿舎で騒ぎが起こっている」

トマスコンは一瞬、うしろを振りかえっただけだった。向こうの宿舎で起こっていることには興味がなかった。いまは、一刻も早くネズミ＝ビーバーのもとへいき、本物かどうかをたしかめたかったからだ。

ふたりは扉のひとつから宿舎のなかに入った。一台のベッドのまわりに、野次馬が何十名も集まっている。

「どいてくれ」ハゲ男は頼んだ。

「なぜ？」白髪交じりのブロンド女性がいった。髪はオールバックにし、くぼんだ頬には入れ墨を入れている。「あなたたちは偉い人なの？」

「偉くはない」と、トマスコン。「ただ、グッキーが本物かどうか知りたいだけだ。あの伝説の……」

「本物だと本人はいっているわ」と、女性はいらだちをあらわにしていった。そして、ふたたび前を向いて、つま先立ちになると、グッキーを上から眺めつづけた。

「落ちつけ」ペターが注意する。「彼女のいうとおりだ。われわれに、かれらをどかせる権利はない」

「でも、確認したいんだ。グッキーが本物かどうか知りたいんだ」

ペターは笑う。

「我慢しろ、ジェスコ。野次馬もそのうち飽きて、ここを去っていくだろう」

甲高い口笛が聞こえて、ふたりは会話をやめた。

「カンタロが二名こっちに向かっているぞ！」だれかが叫んだ。

まるで爆弾が爆発したかのように、男も女も一目散《いちもくさん》に四方八方へ逃げた。突然、グッキーはひとりになった。トマスコンとペターはようやく近づくことができた。

「意識がない」と、ハゲ男。「いま助けないと、死んでしまうぞ」

「カンタロに見つからないようにしないと」ペターはそういうと、すばやくネズミ＝ビーバーを抱きかかえた。周囲を見まわす。

トマスコンは即座にベッドに跳びのると、そこから棚の上によじ登った。天井板のひとつをはがし、ペターに手を差しだす。

「早くしろ！」と、急かした。

ほかの捕虜たちは、ハゲ男がイルトを受けとり、慎重に天井の開口部に押しこみ、そこに寝かせるのを見ているだけだった。トマスコンは隙間を閉じると、ベッドにおりて横たわった。

「危なかったな」ペターが小声でいった。その直後に、扉が開いて、二名のカンタロが入ってきた。黒髪で、彫りの深い顔。目は青く、目と目の間隔が極度に広い。

「やつはどこだ？」ひとりがたずねた。ふたりめのカンタロよりも背が高い。光沢のある銀色のコンビネーションを着ている。中央の通廊を歩いてトマスコンに近づき、警戒しながら宿舎内を見まわす。ふたりめは扉の前で待機していた。

背の高いカンタロは突然、ペターの脇腹を殴り、かれをベッドに突きとばした。「やつはどこだ?」と、ふたたび叫んで、トマスコンが横たわっているベッドを思い切り蹴った。「話をしているときは、ベッドから出ろ!」

ハゲ男はゆっくりと起きあがった。

「わたしはジェスコ・トマスコン」と、吐きすてるようにいった。「もうすこし、礼節をわきまえていただければ、ありがたいが……」

ドロイドがパンチをはなつ。ハゲ男は即座に身をかわした。ドロイドの拳は男のからだをかすめて、部屋の中心部にある棚に激突した。カンタロは的をはずしても、パンチの威力を弱めなかったために前に倒れた。人間なら、棚のような硬い障害物は避けようとしたにちがいない。しかし、ドロイドの感覚はちがっていた。

トマスコンは、カンタロの拳が棚に激突し、棚の板を薄い紙のように突きやぶるのを見た。腕が肘まで板のなかに入ると、棚は爆発したかのように砕けた。木の破片が床に落ち、食器が大きな音を立てて割れた。

カンタロは拳をもどすと、もう一方の手で、ささった木片をはらいおとした。

トマスコンは驚愕し、よろめきながら壁ぎわまであとずさりする。もし、あの一撃が命中していたら、確実に命を落としていただろう。

「それで？　やつはどこにいった？」ドロイドは質問をくりかえした。

そしてトマスコンから視線をそらすと、即座に、そばにいた別の捕虜のからだをつかんだ。黒髪で細身の柔和な顔つきの男だ。鋼のクランプのようなカンタロの手で、腕をつかまれたため、あえぐように叫んだ。

「上だ」と、震える手で天井を指さした。

「この裏切り者」トマスコンが罵倒した。

「やつをここに降ろせ！」カンタロが命令した。

細身の捕虜はベッドに上がると、腕を伸ばして天井板をはずした。グッキーがいないので、別の板をはずす。しかし、そこにもネズミ＝ビーバーの姿はなかった。

トマスコンとペターは視線を交わす。

イルトは間一髪で天井裏から脱出したのだ。

＊

ペドラス・フォッホはカムフラージュされた入口から基地に入った。

「緊急事態です！」近くにいたホーマー・G・アダムスに向かって叫んだ。「マルテが負傷し、治療が必要です」

アダムスはなにも訊かずに、転送ルームへと通じる通廊を開けた。

「あと数分待ってくれ」と、説明する。「転送機に問題があって修理させている。再設定が必要なんだ」

フォッホは転送機のそばで作業をしている数人の技術者を見る。そのうちの一機には、使用可能を示すグリーンのライトが点滅していた。

「カンタロに気づかれてしまいました」と、報告する。「しかたがなかった」

フォッホはマルテ・エスカットを転送機に運びながら、なにが起こったのかを簡潔に説明した。

「データ・ユニットは？」アダムスがたずねた。「それよりも重要なことはない」

「探す時間がありませんでした。すみません」

ヴィッダーのリーダーは表情ひとつ変えない。失敗をくりかえしてきた経験豊富な男はなにごとにも動じない。

ひとりの技術者が転送機のスイッチをオンにした。

「準備完了です」と、フォッホにいった。「彼女を輸送フィールドに置いてください」

技術者はフォッホを手助けする。マルテは転送機に横たわると、左手を開いた。

「待て！」アダムスが叫んだ。「なにかを握っているぞ」

身をかがめて、彼女の手から慎重に小さなプレートをとりだした。

「データ・ユニットだ」と、確信をこめていう。そして、ほめるように若い女性の肩を軽く叩いた。「勇敢な娘だ」

そして、技術者に彼女を《クイーン・リバティ》へ搬送するよう指示した。

「データ・ユニットの中身を確認しよう」マルテが転送されると、アダムスはフォッホにいった。

ふたりは転送ルームを出て、複数のコンピュータが置かれた別の部屋に移動した。データ・ユニットを装置のひとつに挿入すると、モニター画面に一連のシンボルが表示された。アダムスはすぐにそれらを解読し、分析する。

そして、驚いて立ちあがった。

「ロボットは、この山に坑道を掘り、危険物保管庫を設置するよう命じられている。掘削はまもなく開始されそうだ」

アダムスは情報センターに急いでいく。ほとんどのメンバーはそこで働いていた。山の側面に設置された隠しカメラがとらえた工事現場の映像がスクリーンに映しだされている。特殊機械はすでに基礎を固める作業を開始していた。すばやく固まる材料を使用しているため、作業は順調に進んでいる。

「基地にいるのはいま何名ですか?」ペドラス・フォッホがたずねた。

「四十名だ」と、ロムルス。「転送機の修理のために《クイーン・リバティ》から呼びよせた技術者も数名含まれている」

「ところで、カールは？」

アダムスがモニターのひとつを指さした。

「ロボットを山におびき寄せているが、もう撤退する準備をしているようだ。すこし早すぎるな。もうすこし時間をかけたほうがいいのに」

そして、転送ホールにもどった。まだ転送機は一機しか修理が完了していない。

「あと、どれくらいかかるんだ？」アダムスがたずねた。

「半時間」技術者のひとりが答えた。「残念ながら、それ以上早くは無理です」

アダムスはすぐに振りかえった。

「撤退だ！」と叫んだ。「作戦Cを開始する！」

コンピュータのボタンを押して、サイレンを鳴らす。モニターの前にいた数人の女性たちは無言で立ちあがると、転送ホールへと急いだ。

次の瞬間、建設機械が動きだした。分子破壊ビームと除去装置を駆使し、岩屑を除去しながら山を掘削する。

ヴィッダーの基地が大きく揺れだす。

「急げ！」アダムスが叫んだ。「ぐずぐずするな！　遅くとも五分以内に、基地は突破される。機械は基地の真上に向かっている。到達すれば、もう逃げられないぞ」

フォッホは十四名の男たちとともに武器庫へいき、武装する。〝作戦C〟とは、少なくとも十五名が基地を出て、惑星の荒野に隠れるというものだ。それを理解していないメンバーはいない。全員が転送機を使って《クイーン・リバティ》へ避難することは不可能なので、そうする以外に方法はなかった。

「わたしはウウレマに残る」アダムスが軽装の戦闘服を着ながらいった。「グッキーがすぐに合流し、テレポーテーションで危険地帯から脱出させてくれるだろう」

＊

グッキーは自分の仕事に満足していなかった。情報はまだ充分得られていない。しかし、ひとつだけ明らかになったことがある。それはカンタロが、ペドラス・フォッホの脱走以来、消極的になっていること。広大な建設現場では明らかに、プシ能力者の監視は充分おこなわれていない。徹底的に監視されていたなら、イルトはとっくにドロイドに捕らえられていただろう。

グッキーはひそかに確信していた。あのときは、カンタロはフォッホの周辺だけを防衛システムで監視していたにすぎなかったのだ。つまり、局所的なプシ罠をしかけただけで、その罠はフォッホの脱走後、カンタロにとって無用なものになった。

それなら、いまイルトの能力を妨げているものはプシ罠ではないということになる。カンタロの直接的な影響下にはない、別のなにかにちがいない。

そこで、グッキーはすぐに答えが出ないことを考えつづけるのをやめた。

天井板のひとつを脇に押しやり、開口部から頭を下に突きだした。数人の男たちがそれに気づく。かれらは驚きの表情を見せたが、黙っている。グッキーが指を唇にあてて、静かにするよう警告したからだ。男たちの頭のあいだから、遠くにいるカンタロの姿が見えた。かれらはまだネズミ＝ビーバーの捜査をつづけていた。

「あんなことしたってむださ」イルトはいたずらっぽくいうと、一本牙《きば》をむきだして囚人たちにほほえみかけた。「ぼくはここを去る」

グッキーは開口部から出ると、板をもとの位置にもどし、床に滑りおりた。

「やつらは、ぼくに気づいたかな？」と、たずねた。

男のひとりがベッドの上に立ち、カンタロの行動を確認する。

「気づいていないようだ」と、答えた。「なにも変わりない」

「これからも、変わらないことを祈るよ」グッキーは挨拶代わりに、頭を軽く叩くと、グラヴォ・パックを作動させて出口へと移動した。囚人のひとりがドアを開けて、イルトを外に出した。

外はもう暗い。地平線には、一本の赤い光の筋しか見えない。いっぽう、エネルギー柵は光り輝いている。その光が捕虜収容所全体を照らしていた。

グッキーは宿舎の屋根に飛びのると、ヴィッダーの基地がある山を見た。ときどき、閃光がはしっている。カール・プレンタネの思考を読みとる。追ってくるロボットを惑わせるために、くりかえし発砲している。そのいっぽうで、建設機械は数キロメートル先まで響くような轟音《ごうおん》を立てて基地がある山を掘削していた。

そのとき、ホーマー・G・アダムスの思考が届いた。

グッキーは即座に反応し、無線機をオンにする。すぐにロムルスとつながった。

「ごめん。いまは助けられない」グッキーがアダムスに伝える。「ひどい脱力感におそわれているんだ。原因はわからない」

「建設機械が、もうすぐ基地の真上にくる」抵抗組織のリーダーが報告する。「まもなく、ここはカオスになる。われわれは撤退を決めたが、出遅れた。どうにかならないか？」

「ちょっと考えてみるよ」

「やってきたぞ！」アダムスは叫んだ。「話はあとだ」

グッキーは基地がある山を見つめた。轟音は消えたが、広大な建設現場でサイレンが鳴りはじめた。無数の戦闘マシンのライトが突然、点滅した。サイレンを聞いた囚人たちが慌てて外に出てきた。

「友よ、いいアイデアがある」イルトがいった。そして、堂々とエネルギー柵に向かって浮遊すると、大きな弧を描いて柵を越えた。囚人の多くがそれに気づき、ほかの者に伝達する。何体かの戦闘ロボットもイルトに気づいた。ロボットはすぐに動きだしたが、射程外なので発砲できない。そのおかげで、グッキーは無事にエネルギー柵を生成しているエネルギー・フィールド・プロジェクターのひとつに近づくことができた。コンビ銃を発射する。放射されたライトグリーンのビームが、プロジェクターをつらぬくと、柵に穴が開いた。

「友よ、こういうのを〝抜け穴〟というんだぜ」グッキーは、長さ百メートルのエネルギー柵の一部が消滅したのを見ていった。

戦闘ロボットは発砲を開始するが、的をはずす。グッキーが高速で移動したからだ。次のプロジェクターに突進し、ロボットがくる前に銃を発射した。

またもや柵に大きな穴が開いた。

「もっと早く、こうしておけばよかった」イルトはつぶやいた。宿舎のそばで困惑している捕虜たちに手を振る。かれらはなにをすべきかわからないようだ。穴をとおりぬけて収容所の敷地の反対側に飛ぶ。そこにあるプロジェクターのひとつにたどりつくと、それも破壊した。

次の行動に移る前に、イルトはロボットたちの行動を確認する。混乱しているようすを見て、満足した。カンタロはこうした攻撃をまったく予期していなかったらしい。

グッキーはさらなるプロジェクターに接近し、分子破壊ビームでそれらを破壊した。

こうして、エネルギー柵は分断され、最後には無用の長物と化した。

捕虜たちは暗闇のなかへ逃げだした。何体かのロボットが脱走をくいとめようとするが、うまくいかない。パラライザーを発射してもむだだった。

数名のカンタロが、途方に暮れながら、宿舎のあいだをいったりきたりしている。集団脱走という異例の事態に直面し、パニックにおちいっていた。

そのとき、イルトの背後で怪しげな金属音がした。グッキーはとっさに、身を守るためにテレポーテーションした。三十メートル離れた場所で再実体化した瞬間、さっきまで自分が立っていた場所で爆発が起こったのが見えた。攻撃したのは箱型ロボットだった。

「またまた大成功」グッキーは驚きながらつぶやいた。「意外と簡単だった」

イルトの超能力はほとんど回復していた。

「でも、なんでまた元気になったんだろう?」と、自問した。

5

エイレーネは《ナルヴェンネ》とフェニックス船団の五隻の宇宙船が、惑星アルヘナの巨大格納庫に収容されるやいなや、父のもとに駆けつけた。ペリー・ローダンは数カ月間ぶりに再会した娘を抱きしめた。

だれにもじゃまされずに会話できる時間は数分しかなかったが、親子はその貴重な時間を味わいつくす。

エイレーネと宇宙船の乗員は過酷な飛行を終えたところだ。惑星アルヘナは、赤色矮《わい》星《せい》スマクのまわりを公転する唯一の惑星。スマクは、銀河系の最外縁部にある球状星団M-55の端に位置し、テラから二万光年離れている。直径百十光年のその星団には、三十万個以上の恒星が密集している。抵抗組織ヴィッダーの宇宙船はすべて、組織が設置した中継ステーションから指示される航路をとって星団に進入していた。それ以外の航路から、適切な時間内に、アルヘナへ到達することは不可能だ。航路はぜんぶで八つある。よって、敵に追われたとしても、組織の秘密基地が発見されることはまずありえない。敵ができることといえば、球状星団のなかにヴィッダーの宇宙船が消えるのを見て、秘密基地が星の最密エリアにあると推測することくらいだろう。

エイレーネと十五分間話したあと、ローダンは笑いながら立ちあがった。娘の肩に手をおく。

「みんな親切だ」と父はいった。「われわれがゆっくり話せるよう、予定よりも多くの時間をくれた」

ローダンはエイレーネとともに事務用キャビンの入口に向かい、ハッチを開けた。予想どおり、そこには、六隻の船の船長と重要なポストにつく乗員が集まっていた。エイレーネはそこでも歓迎され、特にイホ・トロトが喜んでくれた。

エイレーネが《クレイジー・ホース》から《シマロン》に移りたい旨を伝えると、ハルト人のトロトが、シリカ星系の惑星ウウレマにすぐに飛行したいといいだした。

「ローダノス、カンタロにひと泡吹かせて、重要な情報を手にいれるなら、いまがチャンスだ!」と、全員が耳を押さえるほどの大声で叫んだ。

そのとき、ひとりの技術者が興奮したようすで、隣りのキャビンからやってきた。

「《クイーン・リバティ》が〝メイデイ〟を送信しています。すぐに助けが必要です!」と、叫んだ。

予想外の報告に、全員が驚いた。ホーマー・G・アダムスと抵抗組織ヴィッダーの戦士たちが、こんなにも早く窮地におちいるとはだれも予想していなかったからだ。

「なにが起こったんだ?」と、ローダン。

「カンタロに秘密基地を発見されてしまったのです」無線技師は答えた。

フェニックス船団の船長たちは、険しい顔でローダンを見つめる。

「わたしは、一時間後でなければ出発できない」と、トロト。「いまは《ハルタ》を動かせない。システムのメンテナンスを開始したばかりなのだ」

「われわれも同様です」ほかの船長たちがつづけていった。

「わたしはすぐにスタートできますよ」レノ・ヤンティルが口をはさんだ。「《ブルージェイ》は十分もあればスタート準備が整う。船団より早くスタートできます」

「頼む」と、ローダン。「ほかの船はあとで追わせるから」

＊

「方法はひとつしかない!」ジェスコ・トマスコンが息を切らしながら叫んだ。トマスコンはデニス・ペターとともに前かがみになって建設現場を走っている。「あの銃撃音が聞こえるところに、抵抗組織の戦士がいるにちがいない。かれらに合流するんだ」

そのとき、デニス・ペターが腕を伸ばし、遺伝子工場用の壁材の陰にトマスコンを引っぱりこんだ。無言で、反重力フィールド上を静かに移動するロボットを指さす。

ふたりはあえてほかの捕虜とは異なる選択をした。むやみに森に逃げこまずに、その逆の方向へ進んだのだ。建設中の建物や放置された建材が多い平地のほうが、隠れ場は多いと思ったからだ。

「おれたちの判断は正しかった」トマスコンは満足げにいった。

「そうあることを願うよ」といって、ペターは平地の背後に広がる森林を見つめた。あらゆる場所でエネルギー・ビームの閃光がはしっている。ロボットは木々の上を浮遊し、個体走査器や赤外線暗視装置を使って、捕虜たちを追いまわしている。それだけではない。巨大な肉食トカゲの鳴き声が夜の闇に響きわたっていた。トカゲは森の藪に潜んで、獲物を待ち伏せしているのだ。

「いくぞ!」

ハゲ男は立ちあがると、走りだした。ペターもそのあとにつづいた。ふたりは長さ二百メートル、幅百メートルの建設中の工場に近づくと、ガラスがまだ入れられていない窓枠をくぐりぬけて、なかに入った。そこには、いくつかの機械が置かれているが、人工知能が搭載されたものではない。そのおかげで、ふたりは問題なくそのそばをとおりすぎることができた。

建物の端にたどりつくと、トマスコンは息を切らして立ちどまった。そして、絶え間なく閃光が飛びかう山々を指さした。轟音とともにロボットのひとつが爆発し、星空へ向けて炎の柱ができる。

「まちがいない」ハゲ男はあえぎながらいった。「カンタロはあそこで、抵抗組織の巣を見つけたんだ」

「そうだな。でなければ、あんな派手な戦い方はしないだろう」と、ペター。「武器があれば参戦できるのに！」

「向こうにいけば、手に入るさ」トマスコンが励ます。「安心しろ。ともに戦う意志がある者は武器をもらえる。味方はどんなときも歓迎されるものだ」

呼吸が整うと、ふたりはふたたび走りだした。小型ロボットを避け、戦闘がつづいているエリアの北側にある森の端に移動した。

「とまれ！」だれかが叫んだ。「一歩でも動いたら、撃ち殺す」

ふたりは命令にしたがう。目を凝《こ》らしても、脅している男の姿は見えない。藪のなかに隠れているようだ。

「手を上げろ！」男は命じた。その声から緊張感が伝わってくる。

「友よ、落ちついてくれ」トマスコンがいった。「われわれは収容所から逃げてきた捕虜だ。武器は持っていない」

「あなたはまともな人のようだ。こんなところで出会えるなんて幸運だ」ペターがつけくわえた。

ふたりは一瞬、照明の光に照らされる。まぶしくて目を閉じた。すぐに、また暗闇に包まれた。

「どこへいくつもりだ?」見知らぬ男がたずねた。

トマスコンがこれまでの経緯を説明する。

「だから、われわれはほかの捕虜のように森へ逃げこまなかった」と、話をまとめた。

「森に入れば、トカゲの餌食《えじき》になるか、ロボットに捕まるかのどちらかしかない」

「前を歩け。わたしの名はカール・プレンタネ。きみたちが探している人間だ」暗闇から男はいった。

「どうして、きみは仲間といっしょにいないんだ?」ペターはいぶかしげにたずねた。仲間がカンタロのロボットから猛攻撃されている最中に、戦士がひとりでここにいることが理解できなかったからだ。

「別の任務があるからだ」プレンタネはいらだたしげに答えた。「さあ、いくぞ」

照明の光が進むべき方向を照らす。

「仲間に合流したいなら、急げ」プレンタネは前を歩くふたりに向かっていった。「組織のメンバーの大半は転送機を使って基地から脱出した。われわれは後衛としてここに残った。戦いが長引けば長引くほど、この危険地帯から脱出できる可能性は低くなる」

デニス・ペターは不安になる。抵抗組織の戦士には、もっとちがった形で出会うことを想像していたからだ。プレンタネに対してはどこか不信感を覚えてしまう。

この男が臆病者であるはずがない。困惑しながらもペターは自分にいいきかせた。抵抗組織のメンバーになれた人物は、特別な才能を持っているにちがいないのだから。そのとき背後で音がして、獣の熱い息が頸筋に吹きかけられた。ペターはとっさに叫び声をあげた。

「助けてくれ！　トカゲだ」

背中に衝撃がはしった。痛みを感じないことに驚く。倒れているのに、浮かんでいるような心地がする。目の前に、輝く黄ばんだ目が見え、ふたたび熱い息を吹きかけられた。

だれも助けてくれない。ペターは不思議に思う。プレンタネは、なぜ撃たない？

そのとき、なにかが胸をつらぬいたが、痛みは感じなかった。だれも助けられないほど自分が最悪な状況に置かれていることにようやく気づいた。

そうか、わたしは死ぬんだ。なんの未練もなく、そう思った。

＊

グッキーは捕虜のためにできることはすべてやった。これ以上、援助することは無理だ。今後、かれらは自力でカンタロと戦い、森のなかで生きのびねばならない。

イルトは飛んでくる捕虜たちの想念を遮断し、目の前の任務に集中した。とにかく情報を収集しなくてはならない。情報こそが多くの謎を解くための鍵になるからだ。

グッキーは、小型ロボットを破壊したい誘惑にあらがう。簡単にできることだが、完成間近の建物に向かうことが、いまは先決だ。そこにいけば、探しているものが見つかるにちがいない。

建築資材の山にたどりつくと、目的の建物が移動式、または固定式の戦闘ロボットにより警備されていることがわかる。警備をすり抜けるには、テレポーテーションしなくてはならない。

グッキーはためらった。

超心理能力は完全に回復したのだろうか？

超心理能力を阻害していたものの正体を突きとめる前に、その能力を使うことは非常に危険だ。テレポーテーション自体が成功しないか、もしくは、建物の近くまでしか到達できない可能性がある。そうなれば、ロボットの攻撃にさらされるおそれがある。

グッキーは内なる声に耳を傾けた。テレパシー能力を使って、逃げ惑う何万もの捕虜たちの想念を感知する。かれらはカンタロやロボットや野生動物から身を守ることに必死だ。とはいえ、動物はいまは脅威ではない。銃声と騒音のせいで、危険なトカゲのほとんどは森の奥深くに逃げこんでいたからだ。

グッキーはもう迷わない。ジャンプする。なんと、成功した。建物の内部で再実体化することができた。

その場に立ちつくして耳を澄ませる。

動くものはなにもない。ネズミ＝ビーバーはサーチライトをつけて建物の調査をはじめた。いくつかの部屋はすでに完成し、多くのコンピュータが装備されている。ほかの部屋では、特殊な容器に入れられた大量の資材が厳重に保管されている。グッキーはテレキネシスでいくつかの容器を開けた。そして、勢いよく口笛を吹いた。

探していたものが見つかったのだ。

その容器のなかには、カンタロのデータ記憶媒体が入っていた。そのうちのいくつかは大型通信設備の一部で、銀河系のイーストサイドで活動するカンタロ艦隊ユニットのための無線標識および情報システムだ。それらのデータ記憶媒体は情報システムの基盤をなすもの。よって、ペリー・ローダンがなんとしても手にいれたかったデータ・ファイルがそれだった！

グッキーは無線機を入れて司令部に呼びかけた。数秒後、ホーマー・G・アダムスが応答した。

「見つけたよ」イルトが報告する。

「すばらしい」アダムスが答えた。「われわれは劣勢だ。いまは、きみを助けられない。

とりあえず、データ記憶媒体を安全な場所に運んでくれ」

「いたずらネズミに不可能なことはないよ」グッキーはそう答えると、通信を切った。本当は、司令部の現状を知るのに、わざわざ無線でコンタクトをとる必要はなかった。抵抗組織のメンバーの思考は充分イルトに届いていたからだ。

グッキーは容器のひとつに腰をおろした。

不可能なことはない？　それは嘘だった。事実は正反対だ。データ記憶媒体の回収は実は非常にむずかしい。

イルトは不安を払拭《ふっしょく》して、行動を起こした。極度に精神を集中させて、輸送用容器とともにテレポーテーションする。大工事現場の北端にある丘の頂上へジャンプした。

巨人につかまれて、振りまわされるような感覚におそわれる。叫び声をあげて地面に転がり落ちると、両手で頭を押さえた。隣りにはデータ記憶媒体が入った容器があった。回収は成功したのだ。とはいえ、またもや脱力し、立ちあがれなくなる。頭痛はすぐにはおさまらなかった。

「いたずらネズミ、しっかりしろ」イルトは自分を鼓舞した。

ゆっくりと手をおろし、基地のほうを見る。

「向こうのみんなは、もっと苦しい状況にいるんだ」

基地周辺では激しい戦闘がくりひろげられていた。エネルギー兵器が絶え間なく閃光をはなち、森は焼け、その炎が夜の暗闇を照らしている。猛攻撃をしかけるカンタロとロボットたちのほうが明らかに優勢だ。

「あれじゃあ、戦士たちは脱出できない」イルトは現状を把握し、ショックを受けた。

少人数のヴィッダーがカンタロに勝てる見こみはないように思えた。

グッキーはふたたび行動に出ることを決める。すこし気分がよくなってきたからだ。体力を温存するために、グラヴォ・パックを使って移動する。大工事現場の北側を、弧を描くように進むと、戦闘地帯のまんなかにテレポーテーションした。今回は、問題もなく、アダムスのすぐ隣りに再実体化することができた。抵抗組織のリーダーは必死に四体のロボットと戦っていた。

「グッキー！」ロムルスが驚いて叫んだ。

「友よ、やっときたよ」イルトは答え、楽しげに一本牙を見せた。即座に、複数のロボットに向けて複合銃を発射し、そのうちの一体を無力化した。「きみには助けが必要だろうと思ったから」

グッキーはヴィッダーのリーダーの手をつかむと、無力化した箱型ロボットの上にテレポーテーションした。ハイパー通信設備を積んだコンテナと同じくらい大きい。

「休憩できるのは、ありがたい」アダムスは安堵のため息をついた。

ロボットは前に進めない。なにかを探すように、腕を上下に動かしている。グッキーとアダムスがどこに消えたのか、わからないようだ。ほかのロボットたちも敵を見失い、さらなる敵を求めて、森のなかをさまよっていた。

グッキーはエネルギー・ブラスターを足もとにいるロボットに向けた。

「このモンスターの脳はどこにあるのかな？」と、つぶやいた。「焼いてしまいたい」

「やめておけ」アダムスが制する。「ロボットはわれわれふたりがどこに消えたのか知らない。撃てば、カンタロに探知されるぞ」

「そうだね」

グッキーは武器の安全装置をかけた。

アダムスは何度か深呼吸すると、たずねた。

「で、きみはここでなにをするつもりだ？」

「きみを助けるのさ」

「データ記憶媒体はどうした？」

「それは、あとでやるよ」

「絶対にだめだ！　早く持ちさってくれ。ここは、われわれだけでなんとかなる」

ネズミ＝ビーバーは、周囲の森を飛びまわるエネルギーの閃光を指さした。

「でも、そうは見えないけど」

「メンバーには、できるだけ早く森の奥へ避難するよう指示を出している。もちろん、きみが全員を安全な場所に移動させることができればベストだが」

「それはできないや」グッキーはそういうと、これまでの経緯を説明した。「みんなを連れてテレポーテーションしたいけど、いまは無理なんだ」

「なら、データ記憶媒体を持ちさることが最優先だ」アダムスはすこし考えてからいった。「われわれみな、充分な訓練を受けている。戦闘のさいに、どう行動すべきかを心得ている。苦境は乗りきれるだろう。ペドラス・フォッホが指揮をとって、うまくやってくれている。《クイーン・リバティ》もまもなく応援に駆けつけるだろう。あの船が到着すれば、状況はもっとよくなる。さあ、早くいけ」

グッキーは躊躇《ちゅうちょ》する。

「いずれ、カンタロはわれわれの狙いに気づく。だから、急げ。手遅れになる前にデータ記憶媒体を持ちさるんだ。ただし、カプセル爆弾は携帯しろ。記憶媒体が隠されている場所は、まだカンタロには見つかっていない。建設現場で爆弾を爆破しろ。そうすれば、ヴェーグランと部下のカンタロの注意をそらすことができる」

「で、きみはどうするの？」

アダムスはほほえむ。

「知りあって何年になる？」

「数千年」イルトは答えた。

「そこまで長くはないだろ。でも、充分長い付き合いだ。わたしが自分の身は自分で守れることくらい、もうわかっているだろ」

「でも、きみは小さいから守ってあげないと!」

アダムスは笑う。

「さあ、早くいけ!」

イルトはその言葉にしたがった。

＊

ジェスコ・トマスコンは疲労困憊し、よろめきながら森のなかをさまよっていた。閃光が見えるたびに、自分が進んでいる方向を確認し、安堵した。

「あとどれくらい歩くんだ?」と、訊く。「そもそも、いったいどこへ向かっているんだ?」

トマスコンはそこで立ちどまった。

「ほかのメンバーに合流するんだ」デニス・ペターを助けようともしなかった男が答えた。その声に疲労は感じられない。グラヴォ・パックを使っているので、自力で歩く必要がないからだ。ペターが大トカゲに襲われたさい、すぐに上方へのがれれば、安全な距離からトカゲを撃つこともできただろう。しかし、男は指一本動かさず、そのトカゲを追いはらうことも、殺すこともしなかった。デニス・ペターの命をただ運命にゆだねた。

「なぜ、あいつを助けなかった？」トマスコンは訊いた。

「無理だった」プレンタネは答えた。「もう手遅れだった。気づいたときには、すでに重傷を負っていた。助かる見こみはなかった」

トマスコンは反論したかったが、プレンタネが反発し、スピードを上げて先にいってしまうことを恐れて黙っていた。

「もうすぐだ」抵抗組織の戦士はいった。「あと約百メートルで、数日前に、われわれが設置した倉庫に到達する。そこにいけば、きみに戦闘服と武器を渡せる」

トマスコンは安堵のため息をついた。ようやく武器を入手できることがわかったからだ。それさえあれば、森のなかの敵と戦うことができる。

数分後、倉庫に到着すると、プレンタネはトマスコンに戦闘服と武器を渡した。

「これから、あのなかのひとつの建物に攻撃をしかける」戦士は説明する。「まずはヴェーグランの指揮所がある建物を標的にして、ロケットを設置するんだ」

「いい考えだ」トマスコンは答えた。

プレンタネを助けて、ロケットを設置し、それをピココンピュータに接続して自動調整されるようにする。そして、タイマーを設定すると、ロケットの設置場所から離れた。

二百メートル離れたところで、ピココンピュータがエンジンに点火する。ロケットが次々に発射されると、カンタロの指揮所の建物に命中し、炎が上がった。

6

激しい爆発が建物を揺るがすと、ヴェーグランは思わず身をすくめた。地下の一室にいた。部下七名がさまざまな装置の前にすわって作戦の指揮をとっている。それは偶然発見された反乱軍の基地を破壊するための作戦だった。

側近のマルトンが近づいてきた。

「四方八方から攻撃されています！」と、叫んだ。「本当に、ここにとどまるべきでしょうか？」

ヴェーグランは直立したまま動かない。

「攪乱《かくらん》攻撃だ」と、吐きすてるようにいった。「敵はわれわれを注意散漫にさせて、混乱させようとしているんだ。成功するわけがない」

「ですが、この建物はこれ以上の攻撃には耐えられません」

「それは上階だけだ」作業リーダーが訂正する。「地下室は攻撃にも耐えられるよう設計されている。敵がそのことを知らないとは思えない」

ヴェーグランは椅子から立ちあがり、モニターのひとつに歩みよった。そこには反乱軍の基地周辺エリアが映しだされていた。

「基地は空だ」作業リーダーが断言する。「敵の転送機は、われわれの建設機械によって破壊された。よって、完全撤退は不可能だったはずだ。メンバーはまだ、このエリアにいるにちがいない。やつらを追いつめ、全員を片づけるまで攻撃をつづけるぞ。だれひとり生きては帰さない。この惑星にやってきたこと自体が、まちがいだったとわからせてやる」

「皆殺しにするつもりですか?」側近がたずねた。

「そうだ」ヴェーグランは語気を強めていった。「だが、その前に、やつらが何者で、どこからきて、なにを目的にしているのかは白状させてやる」

＊

ホーマー・G・アダムスが丘を越えると、ペドラス・フォッホと抵抗組織のメンバー二十一名がそこで待機していた。

「死者が出ました」フォッホが報告する。その顔は煤《すす》と灰にまみれて黒ずんでいる。「男性四名と女性二名。救助は不可能でした」

カンタロは攻撃を停止していた。森の上空は静かだ。それが偽りの静寂であり、長続きしないことはだれもが知っていた。丘の近くの森林では火災が起こり、海風が炎を北東へと運んでいる。その西側の森林からは轟音が聞こえてくる。建設機械が強引に道を切りひらいているのだ。小型ロボットは定期的に森の上空を旋回し、敵を探していた。

アダムスは周囲を見まわす。男女ともに疲れはてて地面にすわっている。かれらはグラヴォ・パックつきの防護服を着ている。そのおかげで、比較的容易に移動することができたが、樹冠より上まで上昇することは避けてきた。そんなことをすれば、カンタロとロボットに発見され、即座に強力なエネルギー・ブラスターで攻撃されるおそれがあったからだ。

ペドラス・フォッホには、アダムスがなにを考えているのかがわかったようだ。

「やつらは大口径のブラスターを使っています。われわれの個体バリアは、そうした攻撃には耐えられません」

「それはわかっている」と、アダムス。「だから、木の陰に隠れながら移動するしかない。密林をとおりぬけるのは火事現場の前をとおって北東に進め。三つのグループにわかれよう。第一グループは火事現場の前をとおって北東に進め。第二グループは東に、第三グループは南東に進め。ここから二百キロメートル離れた地点で、北のグループと南のグループが東のグループをはさむ形で合流するぞ」

アダムスがそのうちのひとつのグループをひきいることにする。

「後衛はわたしが務めます」ペドラス・フォッホはそういうと、長さ三メートル、幅半メートルの反重力プラットフォームを指さした。そこにはさまざまな武器が搭載されている。「武器は充分ある。これで、できるかぎりカンタロの攻撃を食いとめます」

フォッホはほほえんだ。

「みんな急いでくれ。わたしはあとを追う。さあ、出動だ」

「ちょっと待った」暗闇から男の声が聞こえてきた。「われわれもいっしょにいきたい」

カール・プレンタネとハゲ頭のジェスコ・トマスコンが森のなかからあらわれた。アダムスとフォッホのもとへ浮きながらやってくる。

「やれるだけのことはやりました」プレンタネが説明する。「できるかぎり、敵の注意をそらし、混乱させせました。そのあいだに、この男、ジェスコ・トマスコンに出会ったのです。収容所から逃げだしてきた捕虜です」

「なら、きみたちは北のグループに入れ」アダムスが命じた。「詳しい話はあとだ。くれぐれも無茶はするな」

「ありがとうございます」トマスコンがいった。「チームに入れてもらえてうれしい。できるかぎりのことはします」

「気持ちはわかった。さっさと、いけ」フォッホが話をさえぎった。「急げ」

三つのグループが出動する。一分もたたないうちに、フォッホはひとりになった。ほかの戦士たちは森のなかに消えていった。強力なエネルギー・ブラスターを反重力プレートからとりはずすと、数分待って、ゆっくりと上昇する。森の上空から下を見おろすと、円盤型ロボットが見えた。即座に射撃すると、遠くからでも確認できるほどの大爆発とともに、ロボットは砕けちった。

その爆発が戦闘開始の合図になった。

カンタロの戦闘部隊は、分散している。個々の部隊がおのおのの持ち場で抵抗組織のメンバーと捕虜を追っている。目下、もっとも危険な状態にあるのは捕虜たちだ。武装していないかれらは、ロボットやドロイドの攻撃に対抗する手段がない。すべての攻撃をそのまま受けとめるしかない。

突然、複数の飛行ロボットが森の藪からあらわれた。上空を目がけて銃を乱射する。遠くからカンタロが飛行戦闘ユニットに乗ってあらわれたのが見えた。森の奥からは、巨大なロボット建設機械が草木を押しわけて出てきた。建設機械は飛行はできないが、抵抗軍を追いつめるには充分だ。

フォッホは連続射撃する。指の太さほどのエネルギー・ビームを放射し、敵の隊列に大きな隙間をつくりだす。弾倉がからになると降下し、次の武器を手にとり、すばやく再上昇して射撃をつづけた。最初は、武器を交換するために攻撃を中断することは不利に思えたが、徐々に、それが有益であることに気づく。ロボットとカンタロは接近し、すでに射程内にある。連射すると敵はいったん退くため、そのあいだに武器を交換することができた。

数体のロボットが爆発し、カンタロの飛行戦闘ユニットが三機墜落した。

フォッホは降下する。反重力プレートにうつぶせになって加速する。数秒後には、速度は時速二百キロメートルに達した。巨大トカゲが藪につくった空洞を抜けて山の斜面に突入する。そこで上昇し、山の上空を見わたせるようになると、ふたたび射撃を開始した。

その攻撃はカンタロとロボットを驚かせた。かれらはフォッホがまだ前のポジションにいると思い、そこを攻めようとしていたからだ。かれらの飛行ポジションを見るとそれは明らかだ。こうして、フォッホがはなったエネルギーの火の玉は、劇的な効果を発揮した。

「だれにも、これを見せられないのが残念だ」フォッホはつぶやいた。「こんな快挙はめったに見られるものじゃない」

そして、危険な遊びをつづけた。

カンタロとロボットが反撃を開始したとき、フォッホはすでに反重力プラットフォームで別の場所に向かっていた。そのルートは前もって準備していたもので、トカゲが踏みならした山道を利用したものだ。障害物は、一時間前に分子破壊ビームを使って除去してあった。

フォッホはトクサの森から、またもや敵の不意をついてあらわれると、次々とロボットを爆破した。カンタロは反応が遅すぎて、反撃のチャンスをのがした。

突如、フォッホは姿を消した。

その混乱の最中に、数名のカンタロはまちがって味方のロボットに発砲した。手ごわい敵がすでに撤退していたと気づいたときには、もう遅かった。敵の痕跡はもう残っていなかった。

そのころ、アダムスと三つのグループは危険地帯から遠く離れた場所にいた。フォッホが時間稼ぎをしてくれたおかげで前進することができた。

アダムスのグループは標高四千メートルの尾根を越えたところで休憩をとった。そこからは、カンタロの大建設現場を見おろすことができる。いたるところで火災が発生していた。爆発したり、墜落したりしたロボットが燃えているのだ。

アダムスはため息をついた。

「作戦は成功したようだ」隣りに立っている若い女性に向かっていった。

「カンタロが退却しています」と、女性はいった。「ロボットの数も減っています」

アダムスは疑わしげに首をかしげた。若い女性は防護服の袖からモニターをとりだすと、探知リフレックスを見せて、自分の意見が正しいことを証明する。たしかに、カンタロとロボットは敵の追跡をやめ、建設現場にもどっていた。

「おかしい」ヴィッダーのリーダーはいった。「カンタロらしくない」

「われわれにとっては、ありがたいことです」と、若い女性。

「そうだな。ひと息つくのも悪くない」アダムスは口ではそういったが、不安をぬぐいきれない。カンタロの退却が、危険な攻撃の前兆のように思えるからだ。それでも、リーダーは長めの休憩をとることに決めた。

「次は、わかれて行動する」アダムスが指示を出す。「四名がここに残り、夜明けまで警備する。残りの者はふたたび飛行し、ほかのグループに合流するんだ」

アダムスと若い女性とふたりの探知スペシャリストが、カンタロの動向を監視するために残った。

一時間後、フォッホが四人に追いついた。全員からほめられるが、照れ笑いしながらそれを拒んだ。

「カンタロは絶好調ではなかった」冗談めかしていう。「夜中だったから眠たかったのかも」

そして、ここにくる途中に、逃亡中の五つの捕虜グループに遭遇し、各グループにひとつずつ武器を渡したと伝えた。

「武器があれば危険な動物から身を守ることができる。わたしにはそれくらいのことしかしてやれなかった」

「それで充分だ」アダムスがなだめた。ヴィッダーにとっても武器を調達することは簡単ではない。「もっと武器を渡してやりたいが、いまは無理だ」

五人はそこで監視をつづけながら、夜明けまで会話した。山火事は朝までつづいた。

木々におおわれた多くの丘は黒く焼けこげ、火災がそれ以上拡大しなかったのは奇跡の
ように思えた。

カンタロの大建設現場は静まりかえっていた。
「グッキーのことが心配だ」アダムスがいった。「長いあいだ連絡がない」
そして、最後に会ったときのイルトの状態を説明した。
「グッキーはデータ記憶媒体を安全な場所に運ぼうとしていたが、テレポーテーション
がうまくいかないといっていた」
「まさか、どこかで立ち往生して、われわれの助けを待っているなんてことはないでし
ょうね」
「それはないと思う」アダムスは目を細めて水平線を見わたす。海上から分厚い雲が接
近している。その雲は高度わずか四千メートルあたりを移動しているため、視界が徐々
に悪くなる。そのせいで、ますます探知装置に頼らざるをえなくなる。カンタロとロボ

ットの姿は依然として見えない。「グッキーなら、なにかあれば、無線で連絡をくれるだろう」

そのとき、轟音が鳴りひびいた。一行は驚く。五隻のカンタロの大型宇宙船が雲を突きやぶって下降してきた。竜巻が起こる。宇宙船が砲口からライトグリーンの砲火をはなち、広範囲にわたって建設現場を破壊すると、竜巻の勢いはさらに激しさを増す。ビーム砲が命中したところでは、草木と土が渦巻く蒸気と化していく。数分のうちに、周囲は黒い煙でおおわれ、視界はさらに悪化し、宇宙船は暗い影にしか見えなくなった。

ホーマー・G・アダムスは言葉を失った。目の前の出来ごとを信じることができない。組織のメンバーとともに、その場に立ちつくしていた。

「カンタロがしびれを切らしたんだ」ペドラス・フォッホが動揺しながらいった。「われわれと捕虜をひとりずつ森から引きずりだすことにうんざりしたらしい。すべてを破壊するつもりだ」

「分子破壊ビームで、エリア全体を破壊して」若い女性が不安をあらわにする。「山中と建設現場にいる有機生命体を皆殺しにするつもりよ」

「逃げろ!」アダムスが震える声で叫んだ。「急げ! もうすぐここも攻撃されるぞ!」

全員が踵を返して急いで逃げだす。

「グッキーはどうしますか？」フォッホが大声でたずねた。「あそこにいるはずです！」

「いまは、どうすることもできない」ロムルスは放心状態で答えた。リーダーはチームの崩壊が近いことを確信しているようだ。カンタロがこれほどまでに劇的な手段を選んだ以上、生きのびられる可能性はゼロに等しい。

フォッホはリーダーを見つめ、その気持ちを理解した。

グッキーは大型分子破壊ビームで破壊されたエリアにいた。もう死んでいるかもしれない。攻撃はあまりにも突然だったからだ。カンタロがそのあとすぐに攻撃をやめなければ、アダムスとほかの四名も死んでいただろう。

巨大な山壁に行く手をはばまれた一行は、高度五千メートルまで上昇しなければならなくなる。空気は非常に冷たい。うしろを振りかえったペドラス・フォッホは思わず叫び声をあげた。

《ブルージェイ》の搭載艇と見られる宇宙戦闘機が、音も立てずに雲から飛びだしてきたからだ。その数秒後に、超音速飛行特有の衝撃波が押しよせた。戦闘機は猛スピードでカンタロの大型船に突進し、エネルギー・ビームで集中攻撃した。カンタロの船は攻撃を回避しながら反撃を試みる。しかし、空中戦に適していない船は、宇宙戦闘機に比べて飛行能力があまりにも低い。次々と燃えながら墜落し、わずか五分で空中戦は終わった。戦闘機は上昇し、雲の上へと消えていった。

＊

同じころ、惑星ウウレマの上空の宇宙でも、激しい戦闘がくりひろげられていた。建設現場一帯の上空にいたカンタロ船を破壊した戦闘機も、この大型船から発進したものだった。

《ブルージェイ》は、建設資材を運搬しているカンタロの輸送船を攻撃していた。重装備した輸送船は、レノ・ヤンティルひきいる《ブルージェイ》に猛反撃をしかけた。

いっぽう《クイーン・リバティ》は援軍が到着したことを確認すると、恒星シリカの対探知エリアから抜けだし、戦闘に加わった。そこで、カンタロの輸送船団の指揮官はあらたな敵に対抗するために、五十以上の戦闘艇を発進させて戦力を強化した。すぐに、それらの戦闘艇群は非常に危険で強力な助っ人であることが判明する。ウウレマからもどってきた宇宙戦闘機のうちの二機は、即座に撃墜され、《クイーン・リバティ》も大きな被害を受けた。

レノ・ヤンティルは撤退を決定し、ヴィッダーの宇宙船の船長たちもそれに同意する。

「これ以上戦う意味がない」ヤンティルは船長たちにいった。「敵のほうが優勢だ」

けれども、撤退命令を出す前に、ヤンティルがひそかに期待していたことが起こった。フェニックス船団が到着したのだ。《シマロン》も同行している。そのおかげで状況は一変した。撤退命令を出す理由がなくなっただけでなく、数分後にはカンタロの輸送船団は火の玉と化した。何艇ものドロイドの戦闘艇がウウレマ上空で燃えながら墜落し、生きのこった少数の者たちは命からがら逃げだした。

7

グッキーは疲れはてて、立っていることすらできない。

「ダメだ」と、蚊の鳴くような声でいった。「もう、なにもできない！」

地面に横になり、激しく息をする。そのあいだに、超心理能力が機能しない理由を考えていた。コンテナのなかにある機械のせいでないことだけはたしかだった。

ネズミ＝ビーバーはデータ記憶媒体が入った特殊容器のひとつを建設現場の端に移動させたばかりだった。目の前には、まだ十四個の容器がある。

「これ以上は無理だ」と、弱音をはいた。

容器のひとつに寄りかかると、数回深呼吸し、決心した。

「だったら、別のことを試してみよう」気持ちを切りかえると、集中力を高めて、森のなかに隠してあるデータ記憶媒体のもとにテレポーテーションした。意外にもスムーズに森に到達し、記憶媒体を建設現場の端に移動させることができた。疲労感はほとんどない。しばし休憩が必要だったが、最初にテレポーテーションしたときよりも体調は断然よかった。

変だ、と思う。からだの変調に法則性がまったくないや。

グッキーは建物の窓のひとつに歩みよると、おそるおそる外をのぞいた。基地周辺ではまだ戦闘がつづいている。ペドラス・フォッホの思考を読みとる。組織のメンバーが問題なく撤退できるよう、かれが敵の注意をひきつけていることがわかった。

円錐型の戦闘ロボットが、窓のすぐ前と、すこし離れた場所で警備しているのが見えた。

テレポーテーションしなければ、この建物を出ることはできない、とネズミ＝ビーバーは思う。

よって、百メートル離れた建設中の別の建物にテレポーテーションした。保護シートにおおわれた壁と壁のあいだに再実体化する。それはまだ建設がはじまったばかりの建物だった。

「最適な場所だ」イルトはそうつぶやくと、データ記憶媒体が残っている建物にもどった。今回のテレポーテーションもほとんど体力を消耗しなかった。容器のひとつの上にすわると、それを建設がはじまったばかりの建物に移動させた。すこし休憩して、次の容器を運んだ。

その後、八つの容器を運んだところで、ふたたび極度の脱力感におそわれた。それは突然起こった。まるで見えない力によって足を引きぬかれたかのように、ネズミ＝ビーバーは地面に倒れこんだ。衰弱して起きあがることができない。

数分経っても体力は回復しなかった。立ちあがることさえできない。そこで、完全にリラックスして、ただ待つことにした。前回、こうなったときも、しばらく待つと、体力はもとにもどった。よって、今回も時間が解決してくれるはずだ。グッキーは惑星の重力負荷を軽減するために、防護服のグラヴォ・パックのスイッチを入れた。

けれども今回は、回復までに時間がかかった。夜が明けて、新しい日がはじまる。周囲は静まりかえっている。もう何時間も爆発音を聞いていない。フォッホと仲間たちは撤退ずみであることがわかった。

そのとき奇妙な感覚におそわれて、なぜだかわからないが不安になる。

ネズミ＝ビーバーは反重力装置を使って窓のひとつに近よると、慎重に外をのぞいた。分厚い雲が空をおおっている。カンタロの姿は見えない。複数の建物の前に立つロボットたちは微動だにしない。なにも知らない人がそれらのロボットを見たら、無名の芸術家が展示した金属の彫刻だと思うかもしれない。

グッキーは次の行動に出ることを決める。残りのデータ記憶媒体がある建物にテレポーテーションし、容器をひとつ持ってきた。

「なんだ、簡単じゃないか」と、つぶやく。今回はまったく疲れを感じなかったことに驚いた。

すぐに考えるのをやめて、残りの三つの容器も持ってきた。

突然、轟音が響いた。緑の光が部屋を満たす。

驚いたイルトは急いで窓に駆けより、外を見た。カンタロの宇宙船が、緑の分子破壊ビームで建設現場全体を破壊し、敵を一掃しようと試みている。当初の計画どおりに、データ記憶媒体とともに森の端に隠れていたなら、いまごろ死んでいただろう。最初に記憶媒体を置いていた場所は、すでに焼け野原と化していた。

グッキーはカンタロの無慈悲なやり方に言葉を失う。テレパシーを使って情報を入手しようとするが、建設現場の近くでは生命体を検知できない。ドロイドはそこにいるすべての生命体を皆殺しにしたのだ。

とはいえ、捕虜たちの多くは建設現場から離れ、山に逃げこんでいた。それを知って、イルトは安心する。

そのとき《ブルージェイ》が搭載する宇宙戦闘機があらわれ、カンタロの部隊に攻撃をしかけた。グッキーは一本牙をむきだして喜んだ。

そして、静かに窓から離れると、小さな隙間からこっそり外を観察した。五人のカンタロが中央の建物から出てきて、データ記憶媒体が保管されていた建物に向かうのが見えた。

「驚くだろうな」ネズミ＝ビーバーは楽しそうにいった。

建物に向かうカンタロの一団の先頭には、最高指揮官のヴェーグランがいた。グッキーはかれを捕虜収容所で見ていたので、その顔は知っていた。

轟音とともに、カンタロの宇宙船の一隻が墜落する。その船は建設現場の南の山に激突し、爆発した。作業リーダーでもあるヴェーグランはその墜落を見てもまったく動じない。戦いのようすを確認することもなく、建物のなかに入った。

「さあ、サプライズが待ってるぞ」グッキーはほくそ笑んだ。

そして、予想どおりのことが起こった。数秒後、ヴェーグランは建物から飛びだすと、とり乱したようすで、データ記憶媒体を探しはじめた。ほかのカンタロたちもしぶしぶリーダーにしたがう。ヴェーグランが怒りにまかせてなにかを叫んだ。なにを叫んだのかはわからないが、かれの動作を見るだけで、その内容は想像できた。

イルトは大笑いした。

「もうひとつ、おまけしてやる。きみのシントロニクスはこれに耐えられるかな」

そして、ヴェーグランのところへテレポーテーションすると、その肩の上で再実体化した。

作業リーダーは凍りついたように立ちどまる。周囲のカンタロたちは目を見開いてイルトを見つめた。驚きのあまり次の行動に出ることができない。

「やあ、こんにちは！」ネズミ＝ビーバーが叫んだ。「そんなに目を開いたら、目が飛びでちゃうよ！」

そして、両手でヴェーグランの目をおおうと、いっしょにデータ記憶媒体がある場所へテレポーテーションした。テレキネシスで、ヴェーグランの口にプラスティック片をはりつけ、声を出せないようにする。それから、腕と脚を縛った。カンタロが怪力の持ち主であることは知っているので、エネルギーバンドを使用する。それは作業リーダーが激しく抵抗しても切れないほど強力なバンドだった。

グッキーはグラヴォ・パックを使って、ヴェーグランの肩から滑りおり、背後にまわって、やや降下すると、その膝の裏を強く蹴った。作業リーダーはよろめいて地面に倒れた。

「おっと、ごめん」イルトはしらじらしくいった。「きみみたいに、捕虜は大事に扱うべきだよね」

＊

ペリー・ローダンはあせっていた。戦闘は終わり、カンタロの輸送船団は壊滅したが、すぐに応援部隊がやってきて、ウウレマの基地を救おうとするにちがいない。

「自由商人の船をウウレマに着陸させる」ローダンは決断した。「《シマロン》、《ブルージェイ》、《クイーン・リバティ》は軌道上で監視をつづけてくれ」

《クイーン・リバティ》の船長は、ロボット部隊が戦闘で破壊された船内の修復をはじめたことを報告した。

「アダムスから連絡が入りました」と、通信センターから連絡が入る。「組織のほかのグループと合流し、《モンテゴ・ベイ》に乗船する予定とのことです」

そのとき、ローダンの目の前にあるスクリーンのひとつにイルトの姿があらわれた。

「やあ、ペリー！」ネズミ＝ビーバーが叫んだ。「いい知らせがふたつあるんだ。ひとつめは、カンタロのデータ記憶媒体を手にいれたこと。ふたつめは、作業リーダーのヴェーグランが、なにがなんでもきみと話したいと騒いでいること。あまりにもうるさいから、《ハルタ》に連れこんで、口をふさいでおいた。やっと静かになったよ」

ローダンは笑った。

「ちび、よくやった」と、ほめる。イルトがいいたいことはよくわかった。カンタロのリーダーは話をしたがっているわけではない。むしろ、その逆だ。とはいえ、話し合いは避けられない。ローダンはリーダーから重要な情報を引きだす決意を固めた。

半時間後、ホーマー・G・アダムスが連絡してきて、ウウレマでの戦闘について報告した。

「つまり、ペドラスのおかげで、われわれは無事に逃げきることができたのです」と、話をしめくくった。「すばらしい活躍でした」

ローダンはカンタロによってウウレマに連れてこられた捕虜についていくつか質問する。アダムスはそれらに答えると、捕虜はウウレマにとどまらなければならないと主張した。船団の全部隊を危険にさらすことなく、捕虜を迎えいれる準備がまだできていない、というのが理由だった。

「われわれは迅速かつ合理的に行動せねばならん」ローダンは断言する。「一分一秒が重要だ。カンタロがふたたびあらわれる前に、完全撤退するぞ」

「カンタロの基地はどうするつもりですか？」アダムスがたずねた。

「破壊する」と、ローダン。「分子破壊爆弾を使う」

アダムスが基地破壊作戦の指揮をとることになった。自由商人が爆弾を設置しているあいだに、シリカ星系にカンタロの部隊が接近していることを《シマロン》の探知センターが告げた。

ローダンは即座にその情報をロムルスに伝えた。

「あと十分で、カンタロの援軍がウウレマに到着する。われわれの船は別の場所で待機させる」

数分後、フェニックス船団はウウレマを離れた。小さな船団はアルヘナへ向かった。《クイーン・リバティ》も同行する。修復はなかば完了し、どうにかほかの船についていける状態になっていた。

問題なく、八隻の宇宙船は抵抗組織ヴィッダーの拠点がある惑星アルヘナに到着した。到着までに、船は何度も遷移と通常空間復帰をくりかえした。通信士のひとりが食堂にいるローダンのもとにやってきて、《シマロン》が航行中に複数のハイパー通信を傍受したことを伝える。

「ウウレマでカンタロが敗北したという情報が広まっています」と、通信士は誇らしげに報告した。「ウウレマから敗北の報告が発信されたのです。カンタロの仲間がそれを受信し、情報をさらに広めたようです。敵は相当打撃を受けたように見えます」

「この勝利は大いに喜んでいい」通信士が去るやいなや、そういってローダンはほほえんだ。「ジェフリー・アベル・ワリンジャーの言葉を借りるなら、〝テラのホールに住む悪魔〟に最初の、強烈な一撃を加えたのだから」

「一撃だけではすみませんよ」ペドラス・フォッホが強気の発言をする。「さらに強烈な打撃を食らわせてやります」

一行は軽い食事をする。そして、とうとう目的地に到着した。八隻の船はアルヘナの格納庫に進入した。

＊

ジェスコ・トマスコンは格納庫に《ハルタ》が到着すると、目を見開いた。

「自分の目で見なかったら、信じられなかっただろうな」といった。

カール・プレンタネが誇らしげにほほえむ。

「ヴィッダーは驚異的な成果をあげた」と説明する。「組織はこの先、もっと多くのことを成しとげるだろう。カンタロを打ち負かすのはわれわれだ」

そしてハゲ頭のトマスコンの肩に手を置くと、組織のメンバーの宿舎へと案内した。

「きみたちはスパイを恐れないのか？」トマスコンがたずねた。「カンタロは明らかにヴィッダーの存在を知っている。スパイが送りこまれるかもしれないと思わないのか？」

「だったら、どうだというんだ」プレンタネは自信たっぷりにいう。「どうせ、うまくいかない」

ふたりの背後で扉が閉じた。複数のドアが並ぶ通廊を進む。プレンタネは一瞬ためらったあと、ウウレマで戦死した仲間がいた部屋のドアを開けた。

「ちょっと、寄り道させてくれ。ここは、ウウレマで戦死した男が住んでいた部屋だ。シモン・アトランス。いいやつだったよ。いつも陽気で」

「どうぞ、ごゆっくり」トマスコンはていねいにいった。質素に飾られた室内には、いくつかのホログラムと柄に彫刻がほどこされたナイフ以外、個人的なものはなにもない。

カール・プレンタネは頭を振りながら顎をなでた。

「死んだ人間が残していったものを見ると、いつも奇妙な気持ちになる」と、静かにいった。「特別なものは、なにもない」

そのとき、トマスコンがドアを閉めたことに気づいて、驚いて顔を上げた。

「いったい、どうしたんだ？」プレンタネは武器を自分に向けているハゲ男を見て動揺する。

「それを長いあいだ、わたしも考えていた」ジェスコ・トマスコンは答えた。「数分前まで、わからなかった」

「なにが、わからなかったんだ？」

「カンタロがわたしを遺伝子実験の対象に選び、仮設建造物に連れこんで、なにをしたのかを」

「で、なにをしたんだ？」

「わたしのからだに手を加えた。頭のなかのなにかを変えた。さっきまで、それに気づいていなかった。だが、格納庫に着いたときに突然、スイッチが入ったんだ」

「なにをいっているんだ」

トマスコンは皮肉な笑みを浮かべた。

「まあ、おまえが賢くないことは最初からわかっていたさ。だから説明してやる。ずっ

とわたしは、カンタロから拷問されたと信じていた。頭を剃られたことに腹を立ててい
た。本当に、そう思っていたんだ」
「でも、それはちがった、と？」
「大まちがいさ。真実から目をそらさせるために、そんなふうに見せかけたんだ。カン
タロはわたしだけでなく、わたしが連れされたことを知っているすべての者をだまし
たのだ」
「なぜ、だます必要があったんだ？」カール・プレンタネはおそるおそるたずねた。
「わたしを道具にしたことを、捕虜たちに知られたくなかったからさ。わかるか？　い
ままさにカンタロは長年の目標を達成した。スパイを送りこむことに成功したんだ」
「おまえは、カンタロの、スパイなのか？」プレンタネがつっかえながらいった。
「そのとおりだ。数分前にそれに気づいたが、どうすることもできない。命令にしたが
わないと、殺される。でも、わたしは死ぬつもりはない。だから……」
「待て！」プレンタネは叫んだ。「待ってくれ。もしかしたら抜け道があるかもしれな
い。われわれと協力して、それを探すんだ」
「もう、遅い」ハゲ男は答えた。「わからないのか？　ヴェーグランはこの基地にいる
んだ。だから、わたしがスパイとして動きだした。おそらく、なんらかのインパルスを
送って、そのスイッチを入れたにちがいない。わたしにはふたつの任務が課せられてい

る。ヴェーグランを援助することと、ハイパー通信信号を送信してカンタロにこの基地の場所を知らせることだ。命令にしたがうしかない。抵抗はできない」

ライトグリーンのエネルギー光線がトマスコンの武器からはなたれ、カール・プレンタネに命中した。

トマスコンは開発建築家が倒れて息をひきとるようすを見ながら、かれがいった言葉を思いだしていた。

「死んだ人間が残していったものを見ると、いつも奇妙な気持ちになる。特別なものは、なにもない」

今回は、なにひとつ残らないはずだ。カンタロのスパイは、分子破壊ビームで跡形もなく死体を消しさるつもりでいた。

＊

ペリー・ローダンは、ペドラス・フォッホとホーマー・G・アダムスとともに、ヴェーグランが拘束されている部屋に入った。アンブッシュ・サトーもそこにいた。作業リーダーの尋問をサポートするためにここに呼ばれたのだ。

サトーはダアルショルの事件以来、拘束されたカンタロの扱いを心得ていた。まずドロイドの体内から調整セレクターをとりだし、次にヴェーグランがセレクター機能を補填する回路をつくりだせないようにした。よって、作業リーダーは思うようにからだを動かすことができない。ローダンを見ると数歩退いたが、立っているのさえむずかしそうに見えた。

「エネルギー拘束フィールドも使用しています」サトーが説明する。「万全を期して」拘束フィールドには小さな構造亀裂がつくられ、会話ができるようにされていた。

「ヴェーグランはいま、純粋なシントロニクス意識に切りかえられています。よって、グッキーでさえもかれの思考を読みとることができません」そう、サトーは説明をしめくくった。

「ところで、グッキーはどこにいるんだ?」ローダンはたずねた。

「ただいま休養中」サトーは正直に答えた。「大仕事をして、疲れているようです」

ローダンは驚いた。

「疲れている? グッキーらしくないな。尋問が終わったら、すぐにようすを見にいく。どんな状態か知りたい」

ローダンはそういうと、無表情で視線を投げかけてくるカンタロのほうを向いた。

「いくつか訊きたいことがある」と、質問をはじめる。「答えてくれると、ありがたい」

「いくらでも質問すればいい」ヴェーグランはそっけなく答えた。「でも、わたしはなにも答えない」

「それは、やってみないとわからない」ローダンは冷静にいった。サトーに目をやる。超現実学者は計測器を備えたコンソールの前にすわり、ドロイドの体内から発せられるシントロニクス信号を記録していた。

作業リーダーはその言葉どおり、沈黙をつらぬいた。質問にはいっさい答えない。どうでもいい質問にさえも反応しない。ローダンを無視して、ただ虚空を見つめている。まるでなにも聞こえていないかのようだ。

二時間ねばったあと、ローダンは尋問を中断する。数時間カンタロをひとりにさせ、そのあいだはシントロニクス・カメラで監視することにした。

8

マルテ・エスカットは目を開くと、驚いて周囲を見まわした。そこは明るいキャビンだった。銀色の装置が目の前の壁に設置されている。ひと目でそれが医療ロボットの一部だとわかった。

「気分はどうだ？」男性の声が聞こえた。

マルテが顔を横に向けると、そこにはペドラス・フォッホがいた。

「生まれ変わったみたいに気分がいいわ。わたしは重傷を負ったの？」

「まあね」フォッホはほほえんだ。その目は温かい光に満ちている。「きみは勇敢に戦ったんだ」

マルテはからだを起こす。傷の痛みは感じられないが、なにが起きたのかは、よく覚えていた。

「ここはウウレマじゃないわ」と、つぶやく。

「ちがう。ここはアルヘナだ」

マルテはほほえむのをやめた。自分がどれほどひどい傷を負ったかを自覚したからだ。治療には長い時間が必要だったのだ。

フォッホは、複数のメンバーとマルテが転送機で脱出したあとに、ウウレマで起こった出来ごとについて説明した。

一時間ほど話を聞くと、マルテはたずねた。

「それで、いま、あなたたちはなにをしているの?」

「ウウレマで手にいれたデータを解析しているところだ。思ったよりもむずかしい。情報の多くが暗号化されているからだ。たしかなのは、データが異なる受信者に向けて送られる予定だったこと。簡単に解読できる部分もあるが、それはおそらく一般的な情報にすぎない」

突然、マルテ・エスカットはベッドから出た。薄手のコンビネーションを着用していたが、生地があまりにも薄いので、ズボンとブラウスをその上から着た。

「暗号化されたデータは高位のネットワーク・メンバーに送られる予定だった」ペドラスは説明をつづけながら、感嘆のまなざしでマルテを見つめる。「おそらく、艦隊の司令官や秘密任務を課されたスパイたちに送られる予定だったのだろう」

「つまり、暗号化のレベルが複数あるってことね」

「そうだ。もっともレベルが低いコードは、少数のコンピュータで解読できる。だが、それよりもレベルが高いコードは、ペリーが基地全体のコンピュータを結集して解読するといっている。ちょうどいま、ホーマーと交渉中だ。すべてのコンピュータを使用するには、かれの許可が必要だから」

「なるほど」マルテが納得する。「それで、解読にはどれくらいの時間がかかるの？」

「それが問題だから、まだ交渉がつづいているんだ」と、フォッホ。「すべてのコードを解読するには最短でも一週間はかかるだろう」

マルテは扉に向かって歩きだす。フォッホはそれを無言の合図だと理解する。そして、すわっていた椅子から立ちあがると、彼女とともに病室を出た。

「で、これまでに得られた情報は？」マルテがたずねた。

ふたりは反重力シャフトに乗りこみ、下降していた。

「銀河系のイーストサイドと球状星団M‐70、M‐72周辺で計画されているカンタロの艦隊演習についての情報と、イーストサイドに設置予定の新基地についての情報だ」

ふたりは《クイーン・リバティ》から出て、格納庫を横切る。ロボットが爆音を立てて宇宙船を整備しているので、これまでよりも大きな声で話さなければならない。

「つまり、ヴィッダーにさらなる勝利をもたらすような攻撃目標が見つかったってことね」

「攻撃しようなんて、真剣に考えている者はいない」フォッホが話の腰を折る。「カンタロは、われわれがどのデータを入手したかを知っている。自分たちの弱点を補い、戦力を強化するためならなんでもするはずだ」

マルテはため息をついた。

「そうね。攻撃をすれば、犠牲者が増えるだけだわ」といって立ちどまった。「ところで、カール・プレンタネはどうしているの？」

「カールは無事のようだ」

「どこにいるの？」

「わからない。自分の部屋にいるんじゃないかな。会いにいくつもりかい？」

マルテは気まずそうにほほえんだ。

「カールも事件が起こったときに、あなたといっしょにいたじゃない。多分、わたしをあのトカゲの下から引っぱりだして、安全な場所に運んでくれたのだと思う。お礼をいいたいの」

「たしかに、気持ちは伝えたほうがいい。わたしはこれからグッキーのところにいく。調子があまりよくないらしい。無理をしすぎたみたいなんだ」

「あのグッキーが？　無理をしすぎた、ですって？」マルテは笑う。「おもしろい冗談ね！」

そういうやいなや、踵を返して去っていった。フォッホは彼女の背中に向かって「冗談じゃないんだ」と叫んだが、届かなかった。目下、彼女の関心はプレンタネにしか向けられていなかった。

マルテは任務に対して消極的だった開発建築家に失望していたが、責めないことにした。最終的には、無事に帰ってくることができたからだ。あのときの建築家の態度は、忘れることにした。

プレンタネが自室にいなかったので、友人だったシモン・アトランスの部屋をのぞいてみた。複合銃を握っている背の高いハゲ男を見たマルテは、驚いて身をこわばらせた。男も予想外の訪問者に驚いたようだ。

「こんにちは」マルテはぎこちない口調でいった。「カール・プレンタネを探しているの」

「ここには、いない」男は答え、一歩前に出た。その足もとから埃《ほこり》が舞いあがったが、マルテはそれを横目で見ただけで、気にとめなかった。

「どこにいるか知らない？」

「すこしまえまでは、かれはここにいた。でもいまは、いない」ハゲ男は皮肉な笑みを浮かべ、左手に武器を持ちかえると、右手を差しだした。「わたしはジェスコ・トマスコン。カンタロの捕虜だったが、脱走に成功してここにいる」

「それは、よかった」マルテは居心地の悪さを感じる。悪寒《おかん》がして男から目をそらした。恐怖におそわれる。なにかがおかしい。そう思っても、それがなにかはわからなかった。あなたはハゲ頭の男が嫌いなだけよ、と自分にいいきかせた。この男に問題があるわけじゃないわ。

ハゲ男は彼女の考えを読みとったかのように、気まずそうに頭をなでた。

「カンタロがわたしの頭を剃ってしまったんだ」と説明する。「本当にひどいことをする。それまでは立派な髭まであったのに」

男は笑みを浮かべようとするが、うまくいかない。顔はゆがみ、それを隠すために右手で口もとをなでた。

「また会おう」そういうと、マルテの横をとおりすぎる。そして通廊に出ると、ふたたび立ちどまって振りむいた。「ペリー・ローダンがどこにいるか知っているか?」

「司令室か、その周辺にいるはずよ」とマルテは答えた。

「ありがとう!」男はそういって手を上げると、去っていった。マルテはそのうしろ姿を見つめる。男が武器をホルスターにおさめるのを見て不安になる。テレカムの前にいくと、司令室のコードを入力した。

ペドラス・フォッホが応答する。驚いて、モニターに映るマルテの顔を見る。こんなにも早く彼女から連絡がくるとは思っていなかったようだ。

「マルテ、どうした？」フォッホはたずねた。

「ジェスコ・トマスコンって男を知ってる？」

フォッホがいぶかしげな表情を浮かべる。予測していた質問とはちがったようだ。

「もちろん、知っている。カンタロの捕虜のひとりだった。ウウレマの収容所から脱出したんだ」

「かれには、どこかおかしいところがある。なにがおかしいのかは、説明できないけれど、ふつうではないように感じるの」

「マルテ、すこし休んだほうがいい」フォッホが提案する。「傷はまだ全快したわけじゃない。きみのからだは相当なダメージを受けている」

マルテはその言葉を無視して話しつづけた。

「あの男はわたしに〝ペリー・ローダン〟の居場所を聞いたの。わたしたちはみなかれのことを、ペリーまたはローダンとしか呼ばない。でもあの男はペリー・ローダンといった」

「きみがいいたいことは、わかった。重要な報告をしてくれてありがとう」

フォッホは接続を切った。マルテにはかれがその報告を重要視していないことがわかった。

軽くあしらわれてしまった！

そう思って、振りかえった。開いた扉からプレンタネの友の部屋をのぞきこむ。室内の自動掃除機が作動し、埃が吸いこまれて壁の巾木の隙間から消えていくのが見えた。

マルテは立ちすくんだ。

基地でも、宇宙船でも、こんなに多くの埃はこれまで見たことがない。それはありえない量だった。

マルテは考えながら、その場にしゃがみこんだ。

なぜ、自動掃除機はもっと前に埃を吸引しなかったのか？

「理由はひとつしかない」マルテはつぶやいた。「トマスコンが部屋にいたからだ」

自動掃除機は人間に配慮するよう設定されている。それなら、トマスコンが部屋に入る前になぜ埃は吸引されなかったのか。

マルテは驚いて飛びあがった。

「それは、埃がまだなかったからよ！」

鼓動が速くなる。急いでテレカムの前にいく。

可能性はもうひとつしかない。ジェスコ・トマスコンがその埃をつくったのだ。分子破壊ビームを使用したにちがいない。

マルテの脳裏に恐ろしい光景が浮かびあがっていた。

＊

ペリー・ローダンは心配そうな表情で、医療ロボットに見守られてベッドに横たわるグッキーを見おろしていた。ネズミ＝ビーバーが衰弱するなんてありえない。「いったい、どうしたんだ？」ローダンはそうたずねて、冗談をつけくわえた。「いつから怠けるようになったんだ？」

グッキーは悲しげな目を大きく見開いて、ローダンを見つめた。

「助けて、ペリー」と、蚊の鳴くような声でいった。「もう死にそう」

これには不死者のローダンも驚いた。

「なにをいっているんだ？　いま、治療を受けてるじゃないか。もうすこしの辛抱だ。あと一、二時間もすれば、元気になる」

ローダンはロボットが捜査する医療機器を一瞥する。最新の医学を駆使してネズミ＝ビーバーの精密検査がおこなわれたことは明らかだ。診断結果は〝極度の衰弱〟。

ロボットは治療法を見つけられずにいる！

ローダンは強い不安におそわれた。

ジェフリー・ワリンジャーのことを思いだしていた。かれを失ったショックからまだ立ちなおれていなかった。

次はグッキーの番なのか？

ちがう！　ローダンの内なる声が叫んだ。グッキーにかぎって、そんなことはありえない！

「わたしになにができるか、教えてくれ」と、友の手を握りながら懇願する。「お願いだ、グッキー。あきらめずに方法を考えてくれ」

「なにをしてもむださ」イルトが声を絞りだす。「すべては終わるんだ」

「なにをいうんだ！　そんなことはない！」ローダンが叫んだ。「なんとしても、きみの病をなおす。信じてくれ。できることはなんでもやるから」

「そういうことじゃないんだ」

ローダンは愕然とした。グッキーがすでに生きる希望を失っていることに気づいたからだ。

世界が崩壊するような気がする。グッキーが死ぬなんて考えたこともなかった。

ローダンは踵を返すと、急いで病室から飛びだした。通廊では、専門家たちが数人待機し、医療ロボットの監視とプログラミングを同時におこなっていた。

「厳重に監視しろ！」ローダンはかれらに向かって叫んだ。「一秒たりとも、グッキーをひとりにするな」

専門家たちは急いでネズミ＝ビーバーのもとへ駆けつける。ローダンは、そのうちのひとりが、「信じられない。グッキーが死にかけている！」と、叫ぶのを聞いた。

司令室に到着すると、ホーマー・G・アダムスとペドラス・フォッホが駆けよってきた。

「やっと、きてくれましたね」ロムルスが真剣な表情でいう。「すぐにカンタロの作業リーダーのところにいきましょう。話したがっています」

「いまは無理だ」と、ローダン。「グッキーが危篤で、早急に助けが必要なんだ。カンタロのことよりもグッキーを助けることのほうが先決だ」

アダムスは、ローダンがこんなに動揺している姿を見たことがなかった。目を爛々《らんらん》と光らせている。

「落ちついてください」と、アダムスは頼んだ。「われわれがグッキーを助けます。だから、あなたは安心して、カンタロのところにいってください。いま、話すことが非常に重要なのです。われわれの未来を決定するほど重要かもしれません」

ローダンは嫌がったが、アダムスとフォッホがしつこく説得するので、しぶしぶ承諾した。ふたりは警報を鳴らし、グッキーを救うためにあらゆる手段を講じる。イルトの命をかけた壮絶な戦いがはじまったのだ。

アダムスは主シントロニクスに助言を求めた。すべてのデータを保持している主シントロニクスは、医療ロボットの監視と操作もおこなっていた。

アダムスは胸のあたりに痛みを覚えた。

シントロニクスの答えに愕然としたからだ。その言葉には希望のかけらすらなかった。

＊

ローダンは必死に集中力を維持しながらカンタロと話していた。

「やっと口を開く気になったのか？」と、たずねた。

「おまえがペリー・ローダンか？」

「そうだ」

「不死者のひとりだということは聞いている」

ローダンは探るような目つきでヴェーグランを見つめる。

カンタロはなにをもくろんでいるのか？　この発言には、どんな意図があるのか？

「いろんな噂があるようだが」と、ローダンは曖昧《あいまい》な返事をした。

「ということは、噂は嘘なのか？」カンタロが皮肉な笑みを浮かべる。「嘘でも、驚かない。不死者はごくわずかしか存在しない。わたしもそのひとりだ。おまえが同じ不死者なら、会ってすぐに気づいていただろう」

「きみは不死者なのか？　なぜ、わたしにそれを打ちあけるんだ？」

ローダンはカンタロから発せられるシントロニクス信号を記録しているアンブッシュ

・サトーを一瞥する。サトーは頭を振る。異常な信号は検出されなかったようだ。
「おまえには知っておいてもらいたかったのだ。そうすれば、わたしがこれから伝えることの重要性をわかってもらえるだろう」

「聞いてやろうじゃないか！」

捕虜は目を細めた。

「ロードの支配者は、おまえたちを踏みつぶすだろう。踏みつぶしたことにさえ気づかないかもしれない。なぜなら、おまえたちは虫けら同然だからだ！」

サトーが急にからだを起こした。

「ペリー、離れて！」と、叫んだ。

しかし、その警告は遅すぎた。ローダンは後方へ吹き飛ばされた。次になにが起こるのかを予測し、必死に解決策を探すが、むだだった。カンタロを救うことはできなかった。

ヴェーグランが大声で笑う。次の瞬間、カンタロのからだから炎が噴きだした。炎はからだを包んでいるエネルギー・フィールドに跳ねかえされる。次の瞬間、ヴェーグランの姿は渦巻く炎のなかで消滅した。ドロイドの体内でなにかが爆発したが、そのエネルギーは計画どおりには拡大しなかったようだ。サトーが念のため設置していた拘束フィールドがそれを阻止したからだ。拘束フィールドのプロジェクターは、フィールドの外部にあったため、爆発のエネルギーによる影響を受けなかった。

ローダンは炎が小さくなり、ヴェーグランの最後の痕跡が焼きつくされるのを見て、目をそむけた。

＊

ジェスコ・トマスコンは、数人の技術者が大型コンピュータを使って仕事をしている部屋をとおりぬけた。壁にかけられた標識に目がとまる。それはハイパー通信ステーションへのいきかたを示していた。

急いで先に進む。

その顔は不安そうには見えない。しかし実際は、いいようもないほど緊張していた。なにかが変化したが、それがなんなのかはわからなかった。

もはや自分がだれであったかも忘れていた。過去のことはほとんど覚えていない。思いだそうともしない。ただ目の前の任務に集中していた。

その任務とは、ハイパー通信信号を送信してカンタロに抵抗組織ヴィッダーの基地の場所を知らせること。それを果たせば、そのあとは死ぬしかないことはわかっていた。けれども、それを恐いとは思わない。自分の死に対しても、カール・プレンタネの死と同じくらい無関心だった。

ハイパー通信ステーションに入ると、そこで仕事をしている年下の女通信士にほほえみかけた。彼女も振りかえって笑みを浮かべた。

トマスコンは立ちどまって腰に手をあてる。右手は銃のグリップからわずか数センチメートルの位置にあった。女性はそれに気づかない。無防備なままだ。

トマスコンがエネルギー銃をとりだし、射殺しようとしたそのとき、頭のなかに軽い痛みがはしった。目の前に光がちらついて手を引っこめた。重大なことが起きたのがわかった。

ヴェーグランがいま、死んだのだ。

わたしは、あの男とつながっていた！　そう、トマスコンは思う。仮設建造物内の遺伝子ステーションで、かれの道具にさせられた。そしてロボットのように動かされて、いま別れを告げられたのだ。

けれども自由の身になったわけではなかった。カンタロとのつながりは断たれたが、生体にプログラムされた命令はもう変えられない。

「どうしたの？」女性はたずねた。立ちあがって男に近づく。「なにか問題でも?」

探るように男を見つめる。その澄んだ黒い瞳を見て、トマスコンは一瞬とまどった。

「あなたはだれ？」女性はあとずさりして顔をこわばらせた。怯えているのがわかる。

「見たことがないわ」

「そんなことはどうでもいい」トマスコンはそう答えると、銃をとりだした。ヴェーグランを尋問した部屋を出たとき、ペリー・ローダンはひとつのことしか考えていなかった。

＊

グッキーの容態はどうだろうか？

ローダンは急いでイルトのもとへ向かう。死んでしまうなら、せめて看取ってやりたい。いまのわたしには、それしかできない！

途中でホーマー・G・アダムスに会った。

「グッキーのぐあいはどうだ？」と、たずねた。

「あいかわらず悪いです」と、ヴィッダーのリーダーは答えた。「生体機能が低下しています」

「なら、いっしょに見舞いにいこう」ローダンが誘う。

「いま、いってきたところです」ロムルスは誘いを断った。「でも、いっても意味がありません。グッキーは専門家と複数の医療ロボットにとり囲まれています。すこし離れた場所からしか見舞うことができません。医療機器の下に埋もれているような状態なので、顔すら見えません」

「グッキーの細胞活性装置は機能しているのか?」

「完璧に機能しているのに、まったく効果がないのです」

「信じられない」

アダムスはローダンの腕をつかんだ。もういっぽうの手で、ポケットからメモをとりだした。

「ペリー、報告です。コードの解読が進んでいます。暗号化レベルが二番めに高いコードのなかに短いメッセージが含まれていました。一見、重要そうではない文章のなかに、それは隠されていました」

「それで?」ローダンはきちんと話を聞いていない。イルトのことで頭がいっぱいだからだ。

「メッセージは〝ラカルドーンはアンティ・パウラで成功をおさめている。ロードの支配者は、かれの働きに満足している〟というものでした」

ローダンは驚愕した。

「もう一度、いってくれ」と、頼んだ。

「そういうと、思っていました」アダムスはメッセージをくりかえした。

「驚いた」と、ローダン。「わたしがパウラ・ブラックホールの過去の柱の宙域で遭遇したナックの偽名がラカルドーンだった」

「本名はタワラです」アダムスが補足する。

「ブラックホール・ステーションの爆発で、ラカルドーンは命を落としたと思っていたが、どうやらまだ生きていて、働いているらしい。かれがいる場所は……アンティ・パウラといったっけ？」

「はい。アンティ・パウラは、パウラ・ブラックホールからペルセウス・ブラックホールまでつづくブラック・スターロードの受け入れステーションである可能性が高い」ロムルスは語気を強めていった。

ローダンとその仲間たちはブラック・スターロードを飛行したことがあった。よって、ペルセウス・ブラックホールの位置は知っていた。

「だが、気になることがもうひとつある」と、ローダン。「もう二度も〝ロードの支配者〟という言葉を耳にした。ヴェーグランがそれを口にしたときは、重要だとは思わなかった。宗教的、もしくはイデオロギー的な概念を擬人化したものにすぎないと考えていた。でも、そうではなさそうだ」

「たしかに」アダムスも同意する。「〝ロードの支配者はかれの働きに満足している〟のですから、ただの概念ではないでしょう」

「ロードの支配者は実際に存在するグループにちがいない。どういったたぐいのグループかはわからないが……」と、ローダンは結論づけた。「いまなら、ヴェーグランが自分は不死者だと主張した理由がわかる。そうすることで、〝ロードの支配者〟という言葉に重みを持たせようとしたのだ。不死者が自殺したとなれば、その言葉は特別な意味を持つからな」

「ヴェーグランは、ロードの支配者の存在をアピールしたかったのです。かれらは絶対的な強者だと、かれは信じていましたから。だからこそ、われわれを威嚇《いかく》して、好奇心をそそろうとした。つまり、勝つ見こみのない戦いに、われわれを巻きこもうとしたのです」

ローダンはうなずく。アダムスと同意見だったからだ。

「次は、アンティ・パウラに向けて進撃するぞ」と、決意を固めた。「メッセージは無難な表現を用いて書かれている。よってカンタロは、われわれが入手した多くのデータのなかから、アンティ・パウラを次の拠点として選びだすとは思いもしないだろう。これは、われわれにとってチャンスだ」

アダムスがうなずく。ローダンはロワ・ダントンやアトランもペルセウス・ブラックホールへの進撃に賛同してくれることを確信していた。

「では、今日じゅうに遠征の準備をはじめます」と、アダムスがいった。

船団は今回、銀河系の支配者たちとの戦いにおいてはじめて大きな成功をおさめた。いま、この勢いをとめるわけにはいかない。

「きみはロワとアトランのもとへいってくれ」ローダンが頼む。「わたしはグッキーに会いにいく」

ふたりは別れて、別々の方向へ走っていった。

ローダンの頭からロードの支配者という言葉が離れない。いったいそこにはどんな秘密が隠されているのか？　カンタロは銀河系の最高権力者ではないのか？　かれらよりも権力のある存在がいるのか？

ペドラス・フォッホが向こうからやってきた。顔は青ざめ、目には涙をためている。

「どうしたんだ？」ローダンは心配してたずねた。

「グッキーのところにいってきました」フォッホは答えた。

「それで？」

ウウレマで勇敢に戦った戦士は頭を振る。

「昏睡状態におちいり、意識はもうもどらないといわれています」

＊

「正気なの？」女通信士は小さな声でいった。ジェスコ・トマスコンからあとずさりする。「なにをするつもり？」

男の手に握られている武器を見て声を震わせた。

「すまない。こうするしかないんだ」トマスコンは答えた。

そのとき首のうしろになにかがあてられたのを感じて、からだをこわばらせた。

「武器を捨てて！」マルテ・エスカットが命じた。複合銃のプロジェクターを男の頸筋に押しあてている。「カンタロに無線信号を発信するつもりだろうけど、そうはさせないわ」

トマスコンはゆっくりと武器を持った手を下におろした。マルテが部屋に入ってきたことに、まったく気づかなかったのだ。

「バカな真似はしないで！」マルテはそう警告すると、二歩さがった。「撃つわよ」

本当はひどく怯えていた。長身のハゲ男のことが恐かった。武器を捨てても、男が自分よりはるかに強いことを知っていたからだ。手に握っているエネルギー・ブラスターが唯一の頼みの綱だった。

いっぽう、トマスコンは耐えがたい緊張を感じていた。プログラムされた命令が、どんな手段を使ってでも目的を達成するようながし、あきらめさせてくれない。行動する以外に選択肢はない。とはいえ、マルテに対して勝ち目がないことも明らかだった。一瞬でも女を混乱させられることを期待して、膝をつくと同時に、からだを回転させた。

けれどもマルテのほうが反応は早かった。男が銃をかまえる前に、ブラスターを撃ち、ビームを男の頭部に命中させた。

トマスコンはその場に倒れた。頭からグリーンの液体が流れでる。

マルテは顔をそむけた。

「やったわ」と、震える声でつぶやいた。「あとはロボットに任せましょう」

マルテは女通信士とともにステーションを出た。

＊

ペリー・ローダンは数人の専門家のあいだをすり抜けて前に進んだ。並べられた医療機器の隙間からベッドに横たわるイルトの姿が見える。

信じられないほど弱気になっているローダンは、だれからも話しかけられないことに安堵する。いま話しかけられても、なにも答えられないだろうから。

専門家たちは医療機器を脇へどけて、訪問者がベッドに近づけるようにした。ローダンはイルトの肩に手を置くと、そのままの姿勢で数分じっとしていた。

「ちび。お願いだから、いかないでくれ」と、かすれた声でささやいた。「がんばれ。あきらめるな」

小さなネズミ＝ビーバーのからだが震える。

ローダンはしゃがみこんだ。

「がんばれ」と、静かにいった。「絶対に、死なせたりしない」

グッキーは右目を開けて、訪問者を見た。

「やあ、ペリー」と、かすれた声でいった。

ローダンは唾《つば》を飲みこむ。

「お願いだ、ちび。いかないでくれ。まだきみが必要なんだ」

グッキーはもう片方の目を開けると、両目でローダンを見つめた。

「やっと終わった」と、ささやいた。

「なにが終わったんだ？ どういうことだ？」

「かれは死んだよ」と、ネズミ＝ビーバーはいった。声にすこし力強さがもどっている。

「もうすこしで、かれに殺されるところだった」

ローダンは立ちあがり、ベッドの端にすわった。

「なんのことか、さっぱりわからない」

「あの小さな女性さ」と、イルトは答えた。「名前はマルテ。彼女が思考をとおしてすべてを説明してくれた。カンタロのスパイを殺してくれたんだ」

そこでローダンは、ネズミ＝ビーバーの容態が、たったいま殺されたカンタロのスパイと関連していることに気づく。

「カンタロはその男を生物学的にプログラムしたんだ」と、グッキーはつづけた。「ぼくらのなかに潜りこませるのが目的だった。それが功を奏して、もうすこしで、やつらは目的を達成するところだった」

「気分はどうだ？」

グッキーは一本牙をむきだした。表情はまだぎこちないが、耐えがたい重荷からは解放されたようだ。もう心配する必要はない、とローダンは思う。致命的な原因はとりのぞかれたのだ。

「ウウレマにいたときから、おかしかったんだ」グッキーが説明する。「ときどき、急に動けなくなった。いま、その理由がわかったよ。トマスコンがどこにいるかによって、ぼくの体調が左右されていたんだ。ここアルヘナでは、近くにいすぎた。かれの頭のなかに埋めこまれた生化学物質が、ぼくを殺しかけたんだ」

グッキーはからだを起こして肘をついた。

「ペリー、どうしたの？　なんでそんなにまばたきをしているんだい？　泣いているの？」

ローダンは笑う。

「わたしが泣くわけがないだろ、ちび。目に埃が入っただけさ！」

あとがきにかえて

岡本朋子

〈ペリー・ローダン〉シリーズ七二五巻『モトの真珠』を翻訳していたある日、こんな夢を見た。

わたしはショッピングセンターでカンタロに追われていた。しかも、夢のなかのカンタロは超人的な身体能力だけでなく、グッキー並みのプシ能力も有している。わたしの居場所を察知しては、テレポーテーションしたり、壁を壊したりしながら追いかけてきた。

わたしは人混みをかきわけて必死に逃げていた。レストランに入って、テーブルの下に身を隠す。そこは壁際。見つかったら、逃げられない。しばらくすると、店の入口から悲鳴が聞こえてきた。カンタロがやってきたのだ。

「もう、だめだ」

弱音を吐いたそのとき、目が覚めた。

わたしはやわらかい布団にくるまれてベッドに横たわっていた。ブラインドの隙間から朝日が差しこんでくる。それは未知の恒星の光ではなく、明らかに太陽の光だ。そう、わたしは地球《テラ》にいた。銀河系は壁に包囲されていない。カンタロの支配下にもない。よかった。心の底からそう思った。謎の宇宙人、半生体、半ロボットのカンタロは西暦二〇二四年の現実世界には存在しない。地球は宇宙人に侵略されていない。なにげない日常が今日もはじまる。それが、ありがたかった。

そのとき、ふと考えた。確かに、地球はいま宇宙人に侵略されていない。だからといって「宇宙人は存在しない」といいきっていいだろうか？

それはできないだろう。なぜなら「宇宙人は存在しない」ことを証明できた科学者はまだひとりもいないからだ。その理由を、理学博士、北海道「美宙《みそら》」天文台台長、佐治晴夫氏は著書『この星で生きる理由』（アノニマ・スタジオ、二〇二二年）のなかで次のように説明している。

実は、物事の否定は、肯定よりも難しいのです。たとえば、ここに十人全員が〝パソコンを持っていない〟ことを確認するには、全員の持ち物をすべて調べる必要があります。ところが、「このなかにパソコンを持っている人がいる」という状態の確認は、十人のなかの誰かひとりの鞄のなかにパソコンがあることを確認できれば、それで十分です。つまり、「宇宙人は存在しない」と言い切るためには、全宇宙をくまなく探し回って、いないことを確認しないかぎり、「いない」とは言えません。ですから、「いる可能性はある」としか言いようがないのです。

つまり、科学者といえども、全宇宙を調査しおえないかぎり、「宇宙人は存在しない」といいきることはできないのだ。

宇宙は広大であるだけでなく、ビッグバン以来、膨張しつづけている。よって、人間が「宇宙人は存在しない」ことを証明するのは不可能に近い。「宇宙人はいるかもしれない」ということを前提にして生きるしかない。

佐治氏によると、地球のような惑星を持つ恒星系は銀河系内に三千個ほどあり、命の素になるアミノ酸が含まれた隕石も発見されている。地球以外の惑星に生命がいてもおかしくはないという。

もちろん、宇宙人の存在を信じるか、信じないかは、各人の自由だ。とはいえ、人間は宇宙についてほとんどなにも知らないことを知っておくことは重要かもしれない。

高血圧を引きおこす酵素「ヒトレニン」の遺伝子解読に成功した分子生物学者の村上和雄氏は、東京大学名誉教授の医学者、矢作直樹氏との共著『神（サムシング・グレート)と見えない世界』(村上和雄、矢作直樹著、祥伝社、二〇一三年)のなかでこう書いている。

宇宙で、はっきりわかっているのは全体の五%内外、残りはダークエネルギーとダークマターで、実相はよくわからない。

つまり、宇宙の約九十五パーセントは科学的に明らかにされていないのだ。村上氏によると、人間のDNAも、科学的に解読できたのは全体の約五パーセント。残りの九十五パーセントは解読不可能だという。そう考えると、人類が持つ知識がいかに乏しいかが理解できるだろう。

やはり、人間はその無知さゆえに「宇宙人はいるかもしれない」と考えて生きるしかないのだ。とはいえ、そう考えて生きることは宇宙に対する敬意でもあると、わたしは思う。

「宇宙人なんていない」という考えは、人間のおごりでしかない。そうした考えは、自分たちはなんでも知っているという思いこみにすぎない。その思いこみが偽の正義になったせいで、戦争や環境破壊は繰りかえされてきた。そう考えると、人間はほとんどなにも知らないことを知ること、つまり、古代ギリシャの哲学者ソクラテスがいうところの「無知の知」を自覚することが、平和への第一歩につながることがわかるだろう。証明不可能な宇宙人の存在が、それを人間に教えてくれているのかもしれない。
最後に、今後の〈ペリー・ローダン〉シリーズの邦題を五十話（二十五冊ぶん）を紹介する。例によって仮題のため、刊行時には変更されることがある。あらかじめご了承いただきたい。

1451 “Die Siragusa-Formeln”「シラグサの公式」ロベルト・フェルトホフ
1452 “Entscheidung am Ereignishorizont”「事象の地平線での決断」エルンスト・ヴルチェク
1453 “Der unbekannte Feind”「未知なる敵」クルト・マール
1454 “Psychoterror”「サイコテロリスト」ペーター・グリーゼ
1455 “Kundschafter für Halut”「惑星ハルト偵察隊」H・G・エーヴェルス
1456 “Fremde in der Nacht”「太陽系消失！」K・H・シェール
1457 “Bomben für Topsid”「トプシドの秘密兵器」ロベルト・フェルトホフ
1458 “Die Spur der Haluter”「ハルト人の消息」H・G・フランシス
1459 “Der Dieb von Sira-VII”「シラⅦの盗賊」マリアンネ・シドウ

1460 “Ellerts Botschaft”「エラートのメッセージ」アルント・エルマー
1461 “Der Friedenssprecher”「平和スピーカー」ペーター・グリーゼ
1462 “Operation Brutwelt”「繁殖惑星潜入計画」ロベルト・フェルトホフ
1463 “Geburt eines Cantaro”「あるカンタロの誕生」エルンスト・ヴルチェク
1464 “Das Phantom von Phönix”「フェニックスの亡霊」クルト・マール
1465 “Schach dem Klon”「クローンの策謀」K・H・シェール
1466 “Kontrakt mit Unbekannt”「未知との契約」H・G・エーヴェルス
1467 “Historie der Verschollenen”「失踪者の歴史」H・G・フランシス
1468 “Zentralplasma in Not”「中央プラズマの危機」マリアンネ・シドウ
1469 “Impulse des Todes”「死のインパルス」ペーター・グリーゼ
1470 “Der Arzt von Angermaddon”「アンガーマッドンの医師」アルント・エルマー
1471 “Museum der Archäonten”「古代種族の博物館」ロベルト・フェルトホフ
1472 “Loge der Unsterblichen”「不死者のロッジ」エルンスト・ヴルチェク
1473 “Jagt den Terraner!”「テラナーを追え！」K・H・シェール
1474 “Das Supremkommando”「最高司令部」クルト・マール
1475 “Auf Gesils Spuren”「ゲシールの足跡を追って」クラーク・ダールトン
1476 “Drei gegen Karapon”「カラポンに挑む三戦士」ペーター・グリーゼ

1477 “Die Piratin”「女海賊」H・G・エーヴェルス
1478 “Planet der Sammler”「コレクターの惑星」マリアンネ・シドウ
1479 “Prophet des Todes”「死の預言者」H・G・フランシス
1480 “Die Verbannten von Maahkora”「マーコラからの追放者」アルント・エルマー
1481 “Keine Chance für Raumfort Choktash”「チョクタシュ宇宙要塞にチャンスなし」ロベルト・フェルトホフ
1482 “Der Alleingang des Außenseiters”「アウトサイダーの独走」クルト・マール
1483 “In den Ruinen von Lokvorth”「ロクヴォルトの廃墟で」エルンスト・ヴルチェク
1484 “Der Tod eines Nakken”「ナックの死」マリアンネ・シドウ
1485 “Werkstatt der Sucher”「探索者の工房」ペーター・グリーゼ
1486 “Mission auf Akkartil”「アッカーティルの任務」H・G・エーヴェルス
1487 “Rebellion in der Gen-Fabrik”「遺伝子工場の反乱」H・G・フランシス
1488 “Söhne der Hölle”「地獄の息子たち」K・H・シェール
1489 “Offensive der Widder”「雄羊の攻勢」アルント・エルマー
1490 “Endstation Sol”「終着駅ソル」エルンスト・ヴルチェク
1491 “Transit nach Terra”「テラへの移送」ロベルト・フェルトホフ
1492 “Das dunkle Netz”「暗黒のネット」ロベルト・フェルトホフ

1493 "Das Gefängnis der Kosmokratin"「コスモクラートの監獄」クルト・マール
1494 "Jagd auf Gesil"「ゲシールの追跡」ペーター・グリーゼ
1495 "Die Generalprobe"「リハーサル」アルント・エルマー
1496 "Die Paratrans-Mission"「パラトランス・ミッション」マリアンネ・シドウ
1497 "Unternehmen Exitus"「エクシタス作戦」H・G・エーヴェルス
1498 "Rhodans Tod"「ローダンの死」K・H・シェール
1499 "Das Mondgehirn erwacht"「月の脳の覚醒」エルンスト・ヴルチェク

訳者略歴　大阪外国語大学外国語学部地域文化学科卒，ドイツ語翻訳家　訳書『バリアの破壊者』マール&エーヴェルス，『クロノパルス壁の飛び地』フランシス&シェール（以上早川書房刊）他多数

HM=Hayakawa Mystery
SF=Science Fiction
JA=Japanese Author
NV=Novel
NF=Nonfiction
FT=Fantasy

宇宙英雄ローダン・シリーズ〈725〉

モトの真珠《しんじゅ》

〈SF2460〉

二〇二四年十一月　二十日　印刷
二〇二四年十一月二十五日　発行

（定価はカバーに表示してあります）

著者　マリアンネ・シドウ　H・G・フランシス
訳者　岡《おか》本《もと》朋《とも》子《こ》
発行者　早川　浩
発行所　株式会社　早川書房
郵便番号　一〇一 - 〇〇四六
東京都千代田区神田多町二ノ二
電話　〇三 - 三二五二 - 三一一一
振替　〇〇一六〇 - 三 - 四七七九九
https://www.hayakawa-online.co.jp

乱丁・落丁本は小社制作部宛お送り下さい。
送料小社負担にてお取りかえいたします。

印刷・信毎書籍印刷株式会社　製本・株式会社明光社
Printed and bound in Japan
ISBN978-4-15-012460-1 C0197